もちじゅわ中華まんの奇跡

ひぐまのキッチン

石井睦美

中央公論新社

目次

もちじゅわ　中華まんの奇跡

ひぐまのキッチン

小松菜の元気なきな粉和え

樋口まりあは浮かれていた。いや、浮かれていたというのは正確ではない。いちばん近い表現をさがすなら……ワクワク、だろうか。

（えっ？　わたし、ワクワクしてるの？　ドキドキじゃなくて？）

ベッドサイドのあかりを消し、まぶたを閉じて、まりあは自分の気持ちに向かいあう。うら若き乙女がワクワク、あるいはドキドキ、ひょっとするとワクワクドキドキとくれば、たいがいの場合は恋であるわけだが、まりあに限ってはそうではない。いや、まりあに限ってはなどと断定するのもいかがなものか。先のことはわからないが、少なくともこの世に生を享けてから現在に至るまではそうだった。

そしていまのいま、まりあを高揚せしめているのはやはり恋ではなく、明日の昼食のことだったのだ。

まりあは二十四歳、三鷹にある食品商社コメヘンで社長秘書として働いている。大学で応用化学を学び、優秀な成績で卒業した人間として、食品メーカーで開発に携わるというなら合点がいくが、食品は食品でも商社の秘書となれば、それはあまりにも意外な就職先といえるだろう。しかも、優秀なリケジョに対する巷のイメージそのままに、まりあは真面目ではあるが融通がきかず、おまけに、人嫌いではないのに人見知りという性質だった。

そんな人間が、秘書として採用されたのはどうしてか。

コメヘンは、まりあの祖母である島津百合の高校時代の友人が大手商社勤務を経て興した会社だ。昨年の秋、秘書の空きができることを知った百合が、就活に失敗しアルバイト生活を余儀なくされていたまりあに話を持っていったのだった。

わたしが商社？　商社でわたしになにができるだろう。いや、商社といえど食品専門。だとしたら、学生時代に得た知識が役立つかもしれない。そうまりあは思い直した。

自分の知識が役立つという発想はずいぶんとおこがましいが、これも思い上がってのことではなく、生真面目な性格から生じたものだ。仕事をするからには、なんとしても役立たねばならない、必要とされる人間であらねばならないと、まりあは心の底から思ったのだ。

必要とされているのが秘書だということを、面接のさなかに初めて知らされたまりあは焦った。秘書という仕事に対するイメージと自身の性格を鑑みて、即座に思ったのは——、

無理無理無理無理。

無理もない。

けれど、社長の米田はその場でまりあの採用を決めた。いくらおばあちゃんの元彼だからって……という想像力は、まりあにはない。それで、ひたすら恐縮して——そう、文字通り、恐れ縮こまって社長室のソファに座っていたのだった。

一年と一か月が経ったいま、当初の自身の予想よりはるかにきちんと秘書業務をこなしている。生真面目なまりあは、それも前任者の教育とまわりのひとたちのおかげであると信じて疑うことがない。

（ほんとうに恵まれている。会社のひとたちにも、お客さまにも。）

明日のふたりの来客、大河原食品の大河原社長と恵比須や主人の岡本のことを思って、まりあの頰が緩んだ。

大河原食品は、豆とその加工製品を主軸に事業を展開している食品問屋で、五十代半ばの大河原は、米田や岡本からすれば息子ほどの年齢、まりあにとっては親世代ということになる。

米田も岡本も、大河原の人なつこく気取らず気っぷのいい人柄を好ましく思い、豆選びのこだわりや、良い素材から良い製品を作ろうとする姿勢に信頼を寄せている。いっぽう、まりあは、大河原がいつも羽織っている濃紺の法被——右のまえたてに「きなこ豆の子元気な子」、左のまえたてに「大河原食品」と紺地に白で抜かれている——に萌えているのだ。正確に言えば、「きなこ豆の子元気な子」というその言葉に。それで、つい見てしまう。それもほとんどガン見と言ってもいいくらいの勢いで。そして、いいなあ、かわいいなあ、と思う。


「やっぱりだめかな」

胸元にまりあの視線を感じたのか、大河原が尋ねた。

「だめというのは……」

大河原の発した言葉の真意がわからず、まりあが尋ねかえすと、大河原は、ぶつぶつと口のなかでつぶやいた。

「や。この『こ』がねえ。気にはなっていたんだが。やっぱり、だめだよなあ」

このこってどの子？　と、思わずあたりをキョロキョロしたくなる。でも、どこにもそんな子などいるはずはない。

「どの子が、だめなんでしょうか？」

「この『こ』だよ」

大河原がまえたてのひと文字を指さした。

ああ、その『こ』。

「豆の子元気な子と続くだろ、だからさ、この『こ』は漢字の子にしたかったってわけさ。あんたもそれが気になって見てたんだろ」

「いえ、わたしはその文句が好きで、つい目が行ってしまって。じろじろ見たりして、申し訳ございません」

まりあはそう言って頭を下げた。

「そうなの？　じゃ、なおのこと、ここは漢字にしたかったなあ」

席に戻ると、まりあは手元のメモ用紙に「きなこ豆の子元気な子」「きな子豆の子元気な子」と並べて書き、本来「きな粉」が「きな子」であったとしても、「こ」がいい。いいというよりそうであるべきだと強く思って、ひとりうなずいた。

その日、米田との話を終えて帰る大河原を玄関まで見送りながら、まりあは勇気を出して言った。

「『こ』はひらがなが断然いいです」

「これ？」

大河原が法被のまえたてを指さす。

「はい。大河原さんが気になさってるようでしたので、ちょっと両方、並べて書いてみたんです。そうしたら、やはりひらがなの『こ』がしっくりきました」

「嬉しいねえ。実はさ、うちの商品が、餡子だったらよかったのにって思ったこともあるんだよ。いっそ餡子を作って、法被を作り直そうかとまで考えたんだよ」

（ああ、餡子の子は子どもの子だ！）

いったいどれほど「子」のひと文字にこだわっているのか、大河原は大真面目だ。

「そうですね」

そう言って、まりあはうなずいた。

いきなり否定の言葉を口にしてはいけない。それは、前任秘書の吉沢ゆかりから真っ先に教えられたことのひとつだった。

まずは同意。それから、おもむろにまりあは「ただ」と続けた。

「ただ、なんといってもきな粉のほうがずっと元気な子です」

まりあは断言した。餡子だって充分元気な子だけれど、でもきな粉にはかなわない。

「おお」

大河原は感嘆の叫びをあげて、階段の途中で立ち止まり、

「それ、もっと具体的に言える？」

と、聞いてきた。

「なんと言っても、きな粉はタンパク質の宝庫です。餡子の原料の小豆もタンパク質が多く含まれていますが、きな粉のそれと比較すると、六割くらいでしょうか。ビタミン類、アミノ酸は、どちらにも含まれていて、きな粉のほうが多いものもあれば、餡子のほうが多いものもありますが、ビタミンEは圧倒的にきな粉のほうが多く、マグネシウムも二倍以上……」

まりあは懸命に話しつづけた。そんなまりあを、大河原がじっと見た。

大河原の視線を感じて、あっ、しまった、小賢しい口をきいてしまったと思ったときには、すでにほとんどを語り終えていた。

「申し訳ありません。大河原さんでしたらご存じのはずのことばかりを、わたし、知ったかぶって……」

「いやいや、興味深く拝聴したよ。あ、これ、嫌みじゃないからね。自社の商品に関することを原材料の栄養価から知っている。きちんと商品を知ろうとする。素晴らしいことだ。感動したんだよ」

「はあ」

と小さく答えて、まりあは階段を下りはじめた大河原のあとについて行く。

実際のところは、元気な子というフレーズに惹かれて、好奇心からきな粉のことを調べてみたのである。だから少しも褒められたものではないのだ。

けれど、大河原が本気で感動してくれたのだとしたら、いや、感動とまではいかなくても、先ほどの発言を少しでもポジティブに捉えてもらえたなら、調べたことは無駄ではなかったということだと、まりあは思った。

どうやら、まりあのその思いにまちがいはなかったようだ。見送りに立った玄関で頭を下げたまりあに大河原は言った。

「いやあ、樋口さんだっけね、きみと話ができて、ほんとうによかった」

「ありがとうございます！」

まりあはもう一度、深々と頭を下げた。

それが先月のことだった。

大河原食品の納品は基本、月一である。といっても、大河原が毎回来社するということはなく、やって来るのは営業担当のほうが多い。その担当者も例の法被を羽織ってはいるが、それを目にするのは倉庫にいる安藤太一で、まりあではない。

まりあが法被を拝めるのは、大河原が米田と話をするために社屋の二階に上がってくるときだけだ。話といっても、商売のややこしい話ではなく、世間話のようなたわいない話が主だ。お茶を運んでいくと、たいがいなにかの冗談を言っては自ら受けて笑っている大河原の姿に遭遇した。

明日は、そこに恵比須やの岡本が交じることになっている。

コメヘンには、三十数名の社員がいちどきにはいれるほどの立派なキッチン室がある。数年前商品の試食をするための小さなキッチンに、隣接したふた部屋をつなげたのだ。

それまで居酒屋でやっていた夏の納涼会と年末の忘年会を社内で行うのが目的だった。その時に出す大量のお好み焼きを焼くために、専門店さながらの鉄板も設置した。

そうこうするうちに、米田が客人と昼食をとるときにも、出前をとったり、外に出かけたりするのではなく、キッチン室で作ったものが出されるようになっていった。

調理するのは料理人ではないので、たいそうなものは作らなくていい。ただし、そこは食品商社コメヘン、小麦粉なら国産の品質のいいものが売るほどあるし、白いご飯だけで充分ご馳走というような米だっていくらでもそろっているのだ。

だれがお好み焼きを焼くのか？　だれが昼食を用意するのか？

秘書である。

入社してそのことを知ったまりあは焦りに焦った。なにしろ、それまでの人生で土鍋で米を炊いたことなど一度としてなかったし、だし巻き卵ひとつ作ったことがなかったのだから。それから一年。何度かの実践を経て、いまでは調理することにだいぶ慣れてきた。

（そういえば、いちばん初めの昼食のお客さまは岡本さんだったんだ。卵かけご飯と梅干しと小松菜の味噌汁。たったそれだけの慎ましい献立を、たいそう喜んでくれた。卵かけご飯の味に感動してくれて、煮すぎた小松菜のお味噌汁が岡本さんにとっては大成功で。）

それは、卵かけご飯も小松菜の味噌汁も、どちらもが、岡本の大切な思い出と結びついていたからだ。

突然、眠りに落ちようとするまりあの脳裏にある言葉が浮かんだ。閉じていたまぶたをあけ、

「コンステレーション」

と、まりあはつぶやいた。

コンステレーションとは星座のことだ。但し、いままりあがつぶやいたのは、星座に源を発しながら、星座とはちがう意味を持つ言葉。その言葉を、大学の教養課程でとった心理学の授業でまりあは習った。

それが、暗闇のなか、啓示のようにおりてきたのだ。

「これはユング心理学における重要なキーワードで、布置、わかりやすく言えば配置のこ

とです。ひとつひとつ無関係である星の配置が、白鳥や熊に見えることを思い起こしてください。それと同じように、我々の人生においても、一見、バラバラに見えるできごとが、密接な関係を持っていたということがあります。まったくついていない、なんて不運だ、そのときは悪いできごととしか思えなかったことが、実は、のちの幸運のためにかかせない配置だったということがありえるのです」

そう説明した教授の声が聞こえてくるようだった。

（あの全敗に終わった就活は思い出すのも嫌なできごとだけれど、どこにも決まらなかったからこそ、いま、わたしはコメヘンにいる。あれは不幸に見えて、幸運なできごとだったんだ。）

もっと前に気づいてもよさそうなものなのにと、自分の鈍さにまりあは苦笑をもらす。それでも、こころはずいぶんと穏やかなまま、コメヘンに入社してから出会ったひとたちの顔を思い浮かべた。

そのなかの何人かは、社長室で、キッチン室で、あるいは思いもかけない場所で、こころの奥に秘めていた思い出を、そのときの心情を、そしていまの思いを、米田とまりあに語った。照れながら。そしてあるときには涙さえ浮かべて。

米田のついでというならともかく、それらの話はどちらかというと、より多く、隣にいるまりあに向かって語られたようだった。入社して一年にも満たないまりあに。

どうしてそんなことが起こるのか、最初は戸惑ったまりあだったが、いまならわかる。

それはどれもが食べ物と密接に結びついた記憶だったからだ。

どのひとも、記憶と結びついたものを口にした。それを用意したのは、もしくはきっかけを作ったのが、まりあだったから。

けれど、それだけがすべてではなかった。生真面目なまりあは、とっつきにくい印象をひとにあたえる。ところが、ひとたび接すると、だれもがなぜかまりあにこころを許してしまうのだった。

そのことに真っ先に気づいたのは、米田だった。初めて会ったあの面接で、米田はそれを見抜いた。それこそが、この小さな商社の社長秘書にとって、なにより必要とされる資質である。

――いや、百合さんのことだ、そんな孫娘の特質を見抜いて、うちに送り込んできたのかもしれない。まったく何食わぬ顔をして。しかも、俺が見抜くことまで、見抜いていたにちがいない。

米田は内心、愉快でならなかった。

当のまりあはそんなことはまったく知るよしもないし、いまも知らない。ただひたすら真面目に仕事をこなし、少しずつコメヘンに馴染(なじ)んでいったのだった。

「コンステレーション」

まりあはもう一度ゆっくりつぶやくと、まぶたを閉じた。

＊

昼食には小松菜のきな粉和えを出す予定にしていた。

ゲストに少しでも関連のあるものをというのが、献立を考えるときのまりあのルールだ。相手へのリスペクトの気持ちの表れでもあるし、それを起点に考えると献立がたてやすくなるからでもある。

大河原だと、それは「豆の子元気な子」のきな粉。

この一年で料理本もずいぶんと集まったが、意外に便利なのがSNSにあげられているレシピである。そこでほうれん草のきな粉和えというのを見つけて、ほうれん草を小松菜にアレンジしてみた。

小松菜にしたのは、和え物のほかに小松菜の味噌汁も作りたいからだった。

そこで早速、きな粉和えを家で作ってみた。

きな粉に、砂糖、醬油(しょうゆ)を加える。ここまでは胡麻(ごま)和えと変わらない。SNSのレシピによると、ほんの少しの酢とある。そこがポイントなのだろう。

できあがりをひとくち、口にすると、香ばしい香りがふわりと口から鼻に抜けた。ほんの少しの酢が、味を引き締めているようだ。

夕ご飯の食卓に載せてみると、家族の評判も上々だった。

ほうれん草と同じく冬が旬の小松菜は、この十一月からがおいしくなる。家で試しに作ったのはスーパーのものだけれど、お客さまに出すのは矢代(やしろ)農園の朝穫(ど)りのものだから、さらにおいしいにちがいない。それと矢代農園で平飼いの卵ももらって、だし巻き卵を作る。そしてもう一品。きな粉和えが甘いので、塩気のあるものを。そこで思いついたのが、塩山椒(しおさんしょう)味のから揚げだ。これは、先月のコメヘン四十周年記念の食フェスで出したメニューのひとつだった。

「安藤さん、矢代農園まで車を出していただいていいですか」

米田に朝のお茶を出し、本日の予定事項を確認し終えると、まりあは倉庫に出向いて、管理部長の安藤にそう声をかけた。

部長と言っても、倉庫で品物の管理をしているのは安藤ひとりで、安藤は自身のことを倉庫番と呼んでいる。取り扱う商品のことなら知り尽くしている頼りになる存在の安藤は、米田とは小中学校の同級生だ。

「おう。まりちゃんには連絡してあるんだな？」

安藤が親しげにまりちゃんと呼んだのは、矢代農園を営む矢代まりのことで、まりもまた安藤や米田の幼なじみだ。

「はい。小松菜と卵をお願いしてあります」

「よし、行くぞ」

安藤が通勤に使っている自身の車のエンジンをかけた。

「で、今日の献立はなんだい？」

安藤に聞かれて、まりあは伝えた。

「そうかあ、難しいとこだなあ」

「だめでしょうか、献立」

たちまち自信が持てなくなる。だからといって、いまさらほかのものなど思いつかない。

「いや、献立のことじゃなくてさ。米だよ、米。北海道から新米が届いたばっかりだから、米は北海道のものにしようと思ってたんだ」

よかった、献立のことじゃなかった。まりあはほっと胸をなでおろす。

「北海道のお米じゃだめなんですか？」

「いや、それはいいんだけど……」

うーんと安藤が唸(うな)った。

「肉には甘みも粘りけも強いゆめぴりかのほうが合っているんだけどな」

「じゃあ、ゆめぴりか……ですか」

「山椒の味にも合うだろうしな。だけど、さっぱりしたななつぼしも案外、相性がよさそうだ。それに胡麻和え、じゃなかった、きな粉和えはどっちかといえば甘いだろ」

「そうですねえ」

「大河原さんだから、きな粉和えのほうを主役と考える……。よし、ななつぼしでいこう」

「はい！」

安藤の横顔に向かって、まりあはうなずいた。

十一時を少し過ぎてまりあはキッチン室にはいった。食材を冷蔵庫に仕舞い、安藤が出してくれた米を研いで水に浸しておくために、その前にも一度、キッチン室にはいっている。

キッチン室でどんなときも真っ先にするのが、エプロンをつけることだ。黒のエプロンは前任の秘書、吉沢ゆかりからのプレゼントで、ゆかりのものとおそろいだ。但し、胸元に白く抜かれた文字がちがう。ゆかりのエプロンには「キッチンゆかりん」、そしてまりあのには「キッチンひぐま」。ちなみにひぐまは、樋口まりあを縮めた学生時代からのニックネームである。

当初はその文字に戸惑ったものだけれど、最近ではそれを目にすると、たちまちやる気スイッチがオンになる。まりあはきびきびと動きだした。まず水に浸しておいた米をざるにあげ水を切る。しっかり水を切ったところで、米と同量の水を入れて土鍋で炊く。それが、安藤に教わった土鍋でご飯を炊くやり方だ。

最初に教わったとき、またお水を入れるなら、捨てることはないじゃないかとまりあは思った。けれど、あからさまにそう聞くわけにはいかない。それで、

「どうして一度、ざるにあげるんですか？」

と、尋ねてみた。

「芯までふっくら炊くためだな。米がより白くつやつやになる。このひと手間でうまさがちがうんだ」

安藤はそう教えてくれた。

「うまさがちがう」

うなずきながら、安藤の言葉をまりあは繰りかえした。

「そう。それをしなくたって、充分うまいんだよ。なにせ、いい米つかうんだからさ。まずく炊くほうが難しいくらいだ。だからって、そのひと手間を惜しんじゃだめなんだな」

一年が過ぎて、何度この土鍋でご飯を炊いたことだろう。その度に、まりあはあの時の安藤の言葉を思い返す。そして、手間を惜しんではいけないのは、これに限ったことではないと、自らを戒めるのだった。

さて、ご飯を炊いているあいだに、主菜、副菜の準備だ。

今日の献立も手間のかかるものではない。だし巻き卵を作り、小松菜は和える手前まで下ごしらえし、鶏肉は一度揚げて油を切っておく。から揚げは、二度揚げをすることで表面はカリッと中はじゅわっとほわっとなる。そして、すべての揚げものは、揚げたてが断然おいしい。だから食べる直前にもう一度揚げる。

壁の時計を見ると、あと少しで十一時五十分になるところだった。予定通りだ。まりあはエプロンをはずし、大河原と岡本を出迎えるために玄関口に向かった。

すでに大河原は到着していて、倉庫の前で安藤と立ち話をしていた。今日も紺の法被姿だ。

小走りに倉庫前へとやって来るまりあの姿に安藤が気づいて、大河原に教えたのだろう、大河原が振り向いた。まりあはぴょこんと頭を下げ、さらに急ぎ足になる。

「そんなに慌てないでいいからさ」

大河原が笑いながら、まりあに声をかける。

「いらっしゃいませ。お迎えが遅くなってしまって、申し訳ありません」

大河原の前で今度は深く頭をさげて、まりあはそう告げた。

「いや、まだ時間前だよ。先に積み荷を下ろしちまおうと、ちょいと早く来たんだ」

「そうでしたか。なにかお手伝いできることはありますでしょうか」

「ありがとう。でも、こっちは終わったんだ。それにしても、きみ、すっかり秘書らしくなったなあ」

「よかったな、樋口さん」

いつもはひぐまちゃんと呼ぶ安藤が、お客さまの前だからか樋口さんと呼ぶのを聞いて、まりあは妙に照れてしまう。それでもなんとか平静を保って答えた。

「はい。ありがとうございます。でも、まだまだです」

そう答えたところまではよかった。さて、このあとどうするのが正解だろう。ここでこのまま立ち話を続けるのは大河原に対して失礼なような気もするし、かと言って、いま大河原を案内すれば岡本の出迎えに遅れてしまう。いったいどうすれば。こんなことであたふたしてしまう自分は、秘書としてやはりまだまだとまりあは思う。

と、正解は向こうからやってきた。岡本の姿がまりあの視界にはいった。すばらしいタイミングだった。まりあは岡本に挨拶をして、大河原に引き合わせると、ふたりをキッチン室に案内した。

「こちらです」というまりあの声に、窓際でぼんやり外を見ていた米田は室内に向き直った。

ふだんは社員の昼食場所になるキッチン室に、今は米田ひとりだ。気心の知れたお客さんしかキッチン室に案内しないからかまわないのだと米田が言ってはいても、社員は遠慮してやってこない。おそらく空いている会議室あたりで食べているのだろう。

「米田社長、岡本さまと大河原さまがおいでになりました」

「よくいらっしゃいました。大河原さん、ここは初めてですよね」

「ええ」

と、答えた大河原は、あたりを見まわして感心したように続けた。

「それにしても立派なキッチンだ」

「いやあ、広いだけで殺風景で。もとはこぢんまりした調理室があるだけだったんですよ。

それを……あ、ご存じでしょう？　前任の吉沢」

「茨城の蕎麦農家さんに嫁がれたとか」

「そうです、そうです。その吉沢の発案でね、調理室と隣の部屋をふたつぶち抜いて、ここを作ったんです。今日は樋口もご相伴させていただくということで、こちらで昼食に」

米田が窓際のあかるい席にふたりを案内していく。その席まで三人分のおしぼりとお茶を運んでまりあは言った。

「簡単なものですが、お食事をすぐにご用意いたします」

「ああ、あわてなくていいよ」

大河原が言う。

「はい」

答えながらまりあはつい法被のまえたての文字をチラと見てしまう。そのまりあの視線を岡本が追って、その文字に目を留めた。それから、いま思い出したというように「そうだ」と口をひらいた。

「樋口さん。毎度の手前味噌で悪いが、これ、食後にでも」

岡本が、隣の椅子の上に置いた恵比須やの紙袋のひとつをまりあに差し出した。なかには季節の練り切りがはいっているにちがいない。十一月だから菊に柿、紅葉あたりだろうか。恵比須やの練り切りは味はもちろん、色も形もすばらしい。早く開けて見てみたい誘惑にまりあはかられた。

「いつもありがとうございます。食後にお出ししてもよろしいですか」

「もちろんですよ。それと、こちらは大河原さんに」

「わたしにまで？　いやあ、恐縮です。こっちは手土産もなくて」

「とんでもない。いつもいいきな粉を作っていただいていて」

大河原と岡本のそんな話し声を背中で聞きながら、まりあは昼食の仕上げに向かった。

「ん？　もしかして、この小松菜、胡麻じゃなくてきな粉で和えてるのかな？」

大河原がつぶやき、小鉢に真っ先に箸をつけた。

「うん、そうだ。うまいなあ」

「はい、大河原さんのところの元気な子で和えました」

そう答えたとたん、三人の男たちにいっせいに見つめられて、まりあは赤くなった。

「いいなあ、樋口さん。なにがいいって、うちのきな粉とそれにこれ、この良さをわかってくれていることがいいんだ」

大河原が自らのまえたてを引っ張ってみせると、岡本と米田が賛同するというようにうなずいた。

「ええ。でも、わたしも負けていませんよ。大河原食品のきな粉の良さはとっくにわかっていますし、そっちのことだって、さっきから、なかなかいいと思っていたんですから。左のまえたての大河原食品のところを恵比須やとして、うちの店でも、みんなに着せたいくらいですよ」

「さすが、恵比須やさんだ。でもねえ、恵比須やさんはきな粉だけっていうわけじゃないからね。これだと、餡子や葛粉に恨まれそうだ」

「恨まれますかねえ」

「ええ、恨まれますよ」

「それはいけませんな」

今日が初対面、それもついさっき会ったばかりとは思えない息の合いようだ。ほんとうに今回が初めてなのかしら。まりあがそう思ったときだった。

「あたたかい白い飯が在る」

突然、大河原が言った。

米田はえっ！　という表情を浮かべ、けれど一瞬のうちにそれをあとかたもなく引っ込めた。いっぽうの岡本はにやりとした表情をくずそうともしなかった。そしてまりあは、こう答えた。

「はい。今日のお米は北海道沼田町のななつぼしです」

大河原が社屋にひびきわたるような笑い声をあげた。

「やっぱりいいねえ、樋口さんは」

そう言って、大河原がご飯を口に運ぶ。

「こりゃあすばらしい」

「ねえ、これはもうご馳走ですよ。こういうとき、なんて言うんでしたっけ、若いひとたちは、え〜と」

「ヤバいじゃないですか。ヤバい」

「それです、それ。初めて聞いたときはびっくりしましたよ。だいぶ前ですけどね、若いもんに試作品を食べさせたときでした。大将、これ、ヤバいですって。ああ、かなりよくできたと思ったけど、どこがまずかったかなって考えていたら、大将、なに落ち込んじゃってるんですかって言うんですよ。だっておまえ、ヤバいんだろ。ええ、ヤバいです。ほら、だからこれをどうしたらいいか考えてるんだよ。いや、もうヤバいんだからいいんです。なんですか、ヤバいって、褒め言葉だったんですね」

それ、落語ですかと思うほどのなめらかさで、岡本が語り、大河原も米田も面白くてたまらないというように笑う。穏やかさは今日も変わらないけれど、こんなに饒舌な岡本は初めてだ。まりあはついつい不思議なものを見るような目で岡本を見てしまった。

　岡本と大河原は、ご飯を食べ、味噌汁をすすり、だし巻き卵をたいらげ、から揚げに箸をのばして、その合間に会話の花を咲かせる。

「話が逸れてしまいましたが、大河原さん、白い飯が在るのつぎはどうです？」

「つぎ？」

　自分でも気づかないうちに声に出して繰りかえしていたまりあに、

「樋口さん、わかるかい？」

　と、大河原は尋ねた。

「いえ」と小さくまりあは答えると、助けを求めるように横にいる米田のほうをチラと盗み見た。米田もなんのことやらという顔をしている。

「飯のうまさが青い青い空」

　と、大河原が言い、大河原が言い終わったとたん、まりあは反射的ともいえる素早さで窓の外を見た。けれどここは一階のキッチン室。座ったままでは空のかけらさえも望むことはできなかった。

「どちらも山頭火なんですよ」

「ああ、そうでしたか。やられたなあ」

米田も合点がいったようだ。ただまりあひとりがまだ取り残されたままでいる。

(三等か？　じゃないことはわかるけど、ほかに思いつかない。)

「ご存じないですか、樋口さん。種田山頭火。俳人です」

岡本がそう説明する。

「廃人、なんですか？」

びっくりしてまりあが聞きかえす。大河原が口にした「あたたかい白い飯」や「飯のうまさ」が俳句であり、はいじんが俳句を作る人という意味の俳人であることに、まりあは思い至らない。まりあの知っている俳句と言えば、五七五で詠まれるものだからだ。

「習わなかった？　自由律俳句の代表的な人物だけど」

「自由律俳句？　俳句って、あの五七五の俳句ですよね」

「そう、その俳句。ただ、山頭火のは自由律だから」

(自由だから五七五でなくていいわけ？　あたたかい白い飯が在る、が俳句なら――それでいいのなら――ここにわたしがいる、とか、三鷹にコメヘンがある、とかも俳句だということにならないか。そうだ、それに……)

と、そこまで考えてまりあはがまんしきれずに言った。

「季語もありません」

「そうなんだよ。いいだろう、縛られてなくて。定型から自由になって、魅力が増す。そうそう、このきな粉和えもから揚げもまさに自由律じゃないか。小松菜は胡麻から自由になり、から揚げは醤油から自由になっている。それこそ発想の妙だよ」

　ちょっとちがうんじゃないか、いや、全然ちがうんじゃないかと思いつつ、「きなこ豆の子」もそんな自由律俳句に対する思い入れがあればこその文言だと、まりあは妙に腑に落ちる心持ちになった。ただ、このレシピが自分のオリジナルでないことだけはきちんと伝えておかなくてはならない。

「あの、きな粉和えっていうのはSNSで見つけたレシピですし、から揚げのほうは周年行事のフードフェスで出したものなんです。営業の木下に教えられて。ですからわたしの発想はひとつもはいっていないんです」

　すると、大河原は言った。

「でも今日作ったのはきみだ」

　大河原が言うと、それまでもが自由律俳句に聞こえてくる。

「正直だからね、樋口さんは」

（だめだ、だめだ。岡本さんの言葉までそう聞こえてしまう。）

その考えを振り払おうと、まりあはぶるぶると頭を振った。それを謙遜のしぐさと勘違いした岡本は、さらにまりあを褒め称える。

「ほんとうですよ、お世辞じゃない。それにいつも客人のことを第一に考えてくれる。大河原さん、今日の味噌汁、どうでしたか？」

「出汁をきちんととってあってうまかったです。ただ、小松菜がちょっと煮すぎでしたかね。きな粉和えのほうは、しゃきしゃきとしてましたけど」

くふくふっと岡本が笑う。

「くたくただったでしょう？　樋口さんの名誉のためにこれは是非とも言わなくてはならんのですが、わたしの好みに合わせてくれてるんですよ。ほんとはね、もっと前に火を止めたいはずなのにね」

「そうだったんですか」

「真面目でね、一生懸命なんですよ。だからかなあ、このひとには、なんかこころを許して話しちゃうんだ」

まりあは初めて岡本に食事を出した日のことを思い出した。

小松菜がくたくたの味噌汁を、岡本の妻はよく作ったという。妻が亡くなり、そんな味噌汁を飲むことは絶えてなくなった。それをあの日、図らずもまりあが出したのだった。

岡本はとても喜んだ。

岡本に喜んでもらったのが嬉しくて今回もその味噌汁にしたのだったが、いまになって、ほんとうに良かったのかとまりあは気になりはじめた。

岡本は「わたしの好みに合わせて」と言ってくれたけれど、あえて作った味噌汁は押しつけがましくはなかっただろうか。差し出がましくはなかっただろうか。いったんそう思いはじめると、まりあはいたたまれない気持ちでいっぱいになった。

ああ、この場から消えてしまいたい。

そんなまりあの気配を察して助け船を出してくれたのか、米田が言った。

「みなさん、そろそろお茶にしますか」

見ればどのお椀(わん)も器もすでにきれいに空(から)になっている。まりあは慌てた。

「申し訳ありません。気づかなくて」

あたふたとまりあが席を立つ。

「ああ、あわてなくていいよ」

食事前にかけた言葉をふたたび同じ口調で大河原がまりあにかけた。

「はい」

と、答えたものの、まりあはもう気が気ではない。

お客さま方が食事を終わらせていたというのに秘書の自分がのんびり座っていていいはずがないのだ。もちろん、無邪気に座っていたわけではなかった。けれど、同席している以上、食事をしながらも気を配っていなくてはならないのだ。ゆかりさんだったら、けっしてこんな失態を犯しはしないだろう。そう思うと、さらに情けなくなってくる。

「そうだ、おふたりにお見せしたいものがあったんですよ。上に行きましょうか。樋口さん、お茶はあっちに」

米田はそう言って、キッチン室をあとにした。

赤く熟した柿。ふっくらとした松茸(まつたけ)。色とりどりの山の紅葉。薄紅の山茶花(さざんか)。うっすらと霜の降りたこげ茶色の粗朶(そだ)。

紙袋のなかには菓子折がふたつはいっていて、大きなほうには、秋から冬へと移ろう時間が、和の菓子になって詰まっていた。

「わあ、きれい」

まりあの口から感嘆の声がもれた。落ち込んでいた気持ちをいっとき忘れるほどの美しさだ。

もうひとつのほうには、きな粉玉がぎっしりと詰められていた。恵比須やの人気商品のひとつで、練り切りのような華やかさはないが、きな粉のおいしさが存分に味わえるお菓子だ。大河原の法被の文句ではないが、その小さな球体のなかに元気の素がぎゅっと詰まっているような気がしてくる。

「なんてかわいいお菓子」

だれもいないキッチン室で、まりあは言った。まるで、目の前の菓子に向かってそう言ったかのように。

小豆を、葛を、大豆を育てるひとがいて、それらが、餡を、葛粉を、きな粉を作るひとの手に渡る。そしてまた、その餡を、葛粉を、きな粉を使い、こうして美しく愛らしい菓子ができあがる。愛情と情熱のリレーでできあがった練り切りときな粉玉を黒の漆皿に（うるしざら）ひとつずつ載せて、上等なお茶を淹（い）れた。

そして一度、静かにゆっくりと深呼吸をして、まりあは社長室に向かった。

「今日はご苦労さん。ふたりとも気持ちよく帰られたよ」

帰り際、いつものように翌日の予定の確認を終えると、米田はまりあに言った。まりあの心臓がドキンととびはねた。

まりあの顔が一瞬曇ったのを、米田は見逃さなかった。

「ん？　どうした？」

午後のあいだずっと心にひっかかっていた思いを、米田に言うべきかどうかまりあは迷った。とにかく、注意散漫になっていたことだけはきちんと謝っておかなくてはと、まりあは口を開いた。

「今日は申し訳ありませんでした」

頭を下げ、まりあは続ける。

「社長に言われるまで、みなさんのお食事が済んでいることに気づきませんでした」

「なんだ、そんなことを気にしていたのか。ぼんやりしてたっていうほどの時間じゃない。ほら、元気を出して」

「はい。……あの」

「ん？」

「まちがいだったでしょうか。あ、あの、お味噌汁のことです。小松菜の」

「まちがい？」

なにが言いたいの？　というように米田が尋ねた。

「あのお味噌汁は岡本さまと奥さまとの大切な思い出です。最初のときは、たまたまそれと同じようなものが出せて、喜ばれました。でも今日、わたしはそれを知っていて作りました。岡本さまはご自分の好みとおっしゃってくださいましたけれど、押しつけがましいというか……ほんとうはそう思っていらっしゃるんじゃないかと」

うーん。と米田は低く唸った。

「楽しい記憶が、だからこそそれを思い出したとき辛いものになることはたしかにある。岡本さんは小松菜の味噌汁を飲むたびに奥さんを思い出すだろう。そしてもういないということをひしひしと感じるのだろうと思う。そうだとすれば、岡本さんにとって、懐かしいあの味噌汁は辛いものになる可能性はある」

やはりそうなのだと、まりあはますますうなだれる。

「でも、もしかすると、岡本さんはただただ懐かしみたいだけかもしれない。きみが再現してくれたことで、幸福な記憶が甦るのが嬉しいかもしれない。ぼくたちがどれほど岡本さんと懇意にしていたって、岡本さんのこころのうちを正確に理解することはできないんだ」

じゃあ、どうすれば……そう思うまりあに米田は続けた。

「きみが今日、そう思ったなら、つぎは出さなくていい。いや、出さないほうがいい」

「はい」

「おや、今日はあの味噌汁じゃないんですか。残念だなあ。岡本さんはそうおっしゃるかもしれない」

「おっしゃらないかもしれません」

「そうだね。わからないから考えて、考えてもわからないなら、いちばんいいと思えることをするしかないんじゃないか。どんなときもね。それでまちがってしまったら」

米田はそこで言葉を止めた。

「はい」

と、相槌を打って、まりあは米田の言葉を待った。

「そのときはそのときだ」

そう言って米田は笑った。

人間のすることだ。まちがいもあるさ。そう言って、まりあを励ましているような笑い声だった。ちがうかもしれない。でも、米田の言葉に、笑い声に、まりあは大いに励まされる思いがした。

「はい、ありがとうございます」

まりあはふかぶかとお辞儀をした。


まだまだだ。

その夜、ベッドのなかでまりあは自分のふがいなさをしみじみと感じていた。コメヘンに勤務して一年が無事に、上出来すぎるくらい上出来に過ぎて、コンステレーションなどと得意げにつぶやいた昨夜のことが恥ずかしい。

まだまだだ。

でも、この一年をコメヘンで過ごして、わたしは少し変わったかもしれないとまりあは思う。

情熱を傾けて仕事をする大人たち──より良いものを届けようと日々、奮闘するひとたちを知って、その仕事に少しでもかかわれることに誇りと喜びを感じる。

「コンステレーション」

と、つぶやいたあと、まりあは続けた。

「あしたも頑張ろう」

はっきりと声に出してまりあは言った。

ボルシチは祖母の味

「おいしかったよ。ごちそうさま」

　社長室に顔を出したとたん、北川（きたがわ）はそう言ってまりあに笑顔を向けた。北川につられるようにまりあも笑顔になる。

　北川の「おいしかった」がお世辞でもなんでもないことは、満足そうなその顔つきからも察せられたが、そのことをなにより雄弁に語っていたのは、ケチャップの跡さえ微塵（みじん）もない空の皿だ。

　こんなにきれいに召し上がっていただいて、嬉しいです。そう言う代わりに、

「お粗末さまでした。すぐにコーヒーをお持ちします」

と、まりあは答えて、社長室を後にした。

　給湯室に向かいながら、まりあの頰がゆるんだ。大のおとな、それもいい歳（とし）をしたおじさんであるふたりが、向かいあってソファに座り、仲よくオムライスを食べている光景が思いうかんでしまったからだ。

　そのいい歳をしたおじさんのひとりである北川は米田の大手商社時代の後輩で、米田と

同じように独立し、いまは北川環境事務所の経営者となっている。歳は米田より十ほど若く、六十をいくつか過ぎたところだ。

北川の会社はリサイクル事業のコンサルティングや廃棄物処理会社の監査などを業務としている。従ってコメヘンと北川環境事務所とは仕事上のつきあいはないが、北川が起業するときには、米田は親身に相談に乗り、実際に力も貸したということを、まりあは前の秘書の吉沢ゆかりから聞いていた。

北川がコメヘンに来るのは、新卒で入社した商社で出会ってから変わることなく米田を慕い続けているからだ。北川は、ひと月かふた月に一度、米田に会って話をしないではいられないらしい。そしてその折りには、オムライスを食べたいらしいのだった。そのために北川は毎回、洋食屋でオムライスに払うよりはるかに値の張る手土産を持参するのだ。しかもどうやって情報を得るのか、必ず最新で人気のお菓子をチョイスしてくる。そのなかには、開店早々売り切れてしまうというものまであるのだった。

コーヒーとお持たせの焼き菓子——上等なバターの香りのするパイ生地のあいだにクルミ入りの木イチゴのジャムが挟んである——を準備して、まりあはふたたび社長室にはいっていった。

「いただいたお菓子もお持ちいたしました。すごくいい匂いです」

「アルザス地方の伝統菓子らしいよ」

「そうなんですね。わたしもご相伴にあずからせていただきます」

「うん、そうして」

「はい、ありがとうございます」

退出しようとしたまりあを、引き留めるように北川が言った。

「あ、そうそう。樋口さん……」

「はい」

「樋口さんにとってのおふくろの味ってなに？」

「えっ、おふくろの味ですか？」

いきなりの質問にまりあは鸚鵡返しをするのがやっとだ。

「なんだよ、急に。自分のおふくろの味だけじゃ気が済まなくなったってわけか」

と、米田は苦笑いを見せる。

北川が素人の作るオムライスに固執するのは、それが彼にとってのおふくろの味だからだ。ならばそれこそ、家人に作ってもらえばいいようなものだが、「だってオムライスだよ。作ってくれなんていい歳をして恥ずかしくて」というのが北川の答えだった。鯖の味噌煮や肉じゃがならよかったのだろうか。いや、そういうものなら食卓に載る。特に子どもたちが独立して夫婦ふたりの生活になったいまは、それらの頻度はときどきからしばしばに上昇した。そして、それらが母親の味付けと似ているのかまるきりちがうのか思い出せないほど、北川は妻の味付けに馴染んでしまった。だからこそおふくろの味は、オムライスでなければだめなのだ。

「いや、このあいだのことなんだけどさあ。うちのお客さんと話し……」

話しはじめたものの、ソファのそばでお盆を抱えたまま直立不動という態で立っているまりあに気づくと、

「あ、樋口さん、座って」

と、北川は声をかけた。

まりあはチラと米田を見る。米田が鷹揚にうなずいたのを確認して、「失礼いたします」と、着席した。

北川はコーヒーをひと口すすり、いよいよ本題にはいった。

「ひとり暮らしをしていた彼の高齢の母親が亡くなって、実家の整理をすることになった。まあ、よくある話だけど」

「ああ、俺もやったよ」

米田はそう言うと、焼き菓子をほおばった。

「うまいぞ、これ」

「でしょう？　って、俺もまだ食べたことないんだけど、うちの娘が教えてくれてね。せっかくだから、樋口さんもここで食べればいいのに」

いまから、と言われないうちにまりあは答えた。

「わたしはあとでゆっくりいただきます」

「そう？　で、なんだっけ？　そうそう、仕事がらそういうのはお手のものだと自分では思っていたらしい。ところが、いざ我が身のこととなるとそうはいかなかったっていうんだ。もちろん最初のうちはサクサクと進めていたらしい。じゃないと、遺品整理なんかできないからさ。台所にたどり着いたとき、ガス台の上にひとつ、鍋が載っているのが目にはいった。ついさっきまで、その鍋でなにか煮炊きをしていたようにさ」

北川はそこではたと言葉を止めた。そしてまたコーヒーをすすり、焼き菓子にも手をつけた。口にこそ出さないが、これはたしかにうまいという顔をする。

「その鍋を見たとたん、その鍋いっぱいのカレーが脳裏に甦ったらしい。それも、小学生のころに食べたカレーがさ」

「子ども用の甘口のカレーですか？」

「子ども用っていうのでもないんだ。ちょうど俺たちが小学校にあがった年、リンゴと蜂蜜がはいっているっていうのが売りのカレールーが出てね。そのカレーなら、俺も食べてたって話で盛りあがってさ」

「あの……出た年まで覚えてるんですか？」

「いや。それはね、彼が調べたんだ。いつから食べたんだろうって話になったときに。で、彼が言うには、いま思えば、それが俺にとってのおふくろの味なんだって。彼が中学や高校になると、もっと辛くて本格的なカレーをお母さんは作るようになって、そっちのほうがうまかったはずなのに、鍋を見たとき思い出したのは、リンゴと蜂蜜のほうだったっていうんだよ」

「おまえにとっては何って聞かれなかったのか？」

「いや、それは……」

北川が口ごもる。

「小学生のときに食べたカレーって先に言われちゃあ、高校生のときに毎日作ってもらってたオムライスだとはさすがに言えなかったか」

米田がどこまでも北川をいじる。北川は聞こえないふりをして、

「あれ？　どこまで話したっけ？」

と、まりあに尋ねた。

「カレーを思い出したってところまでです」

「そうそう。でね、無性に食べたくなって、帰りにスーパーに寄ってそのカレールーを買ったらしい」

「まだ同じものが売っているんですか」

「そうなんだよ。発売から半世紀以上経ってるのに、ちゃんとあるんだよ」

「すごいですね」

ほかに言葉が思いつかなくて、まりあは言った。言ってみると、やはりそれしか表しようがないような気がしてきた。北川も、

「すごいんだよ」

と、賛同した。

「そのあとのことは言わずもがな」

「カレーを作ったんですね」

「そう。肉は薄切りの豚こま、じゃがいもと人参がごろごろはいっているカレーだ。できあがったカレーを食べながら、これはカレーだけどカレーというだけじゃない、俺はいま、思い出を食ってるんだって思ったたって」

「思い出を食べている……」

北川の言葉を、いや北川が聞いたという言葉をかみしめるように繰りかえしたまりあは、自分の胸が熱くなっていくのを感じた。

わたしは知っている。まりあはこころのなかでそう言った。

わたしは知っている。米田が月に一度持参するつめたいおにぎりは親友と、恵比須やの岡本にとっての小松菜の味噌汁は妻と、その岡本が堀之内(ほりのうち)本葛店の堀之内に手土産にと持ってきた赤飯は堀之内の母親と――いっしょに過ごした親密な時間を甦らせるものなのだということを。

鼻の奥がつうんとして、ああ、きっと鼻のてっぺんが赤くなっている、とまりあは思った。

「そういうセンチメンタルなことを言う人間じゃないんだよ、そのお客さん。米田さんは、オムライスでいつも俺をからかいますけどね」

北川が米田を見てニヤリと笑った。さっきのいじりもちゃんと聞こえていたし、いじられることもまんざらでないというふうだ。

「ひょっとして、俺にとってのおふくろの味はほかのものなんじゃないかと思ったんですよ。オムライスはひたすら好物」

「じゃあ、北川のおふくろの味はなにになるの？」

「それがねえ、ちょっと思いつかない」

「なら、やっぱりオムライスじゃないか」

「えーっ、そうなのかなあ。ま、そういうわけで、おふくろの味っていうのに俄然興味が出てきたんですよ」

「それで樋口にリサーチを？」

「そうです」

「俺のはいいの？」

「だって、作ってくれるの、樋口さんですから」

「なんだよ、それ」

ふたりは顔を見合わせて笑っている。

（じょ、冗談じゃないです。いつだって北川さんはオムライスっていうことになっているんですから、おとなしくオムライスを食べていてください。）

まりあはこころのなかで烈しく抗議。

だけどこのまま話は進んでいくんだ、わたしはオムライス以外のものを作ることになるんだと覚悟し、だったらなるべく簡単なものを答えようと思いついたちょうどそのとき、

「というわけで、樋口さんのおふくろの味はなに？」

と、もう一度、北川に尋ねられたのだった。

そのとたん、まりあの生真面目スイッチがはいった。

「おふくろの味はですね」

簡単なもので乗り切ろうと思ったことなど早くも忘れ、自分にとっておふくろの味とはなんだろうと考えはじめた。しばらくして、まりあは答えた。

「ボルシチでしょうか」

「ボルシチーっ！」

北川が素っ頓狂な声をあげる。

「あ、あの、これからの季節だとそうかなって思いまして。食卓にボルシチが出ると、ああ冬だなあって。だから、あの」

しどろもどろに答えるまりあに、

「いやあ、時代がちがうねえ。俺たちのころにはそんなものが食卓に出ることなんてなかった」

と、米田が冷静に感想を述べる。

「あ、でも、うちのボルシチは、母が祖母から教わったものなんです」

即座に米田が〝祖母〟という言葉に反応した。

「なに、百合さんがお母さんに教えたの？」

「はい」

「っていうことは、百合さんのボルシチってことじゃないか。それなら、話はちがってくる。ぜひ、食べてみたい。北川、いつにする？」

前のめりの米田のようすに、あれ、もしかして過去になにかあった？　いや、現在進行形？　そんなにその百合さんとやらが好きなんですか？　と勘ぐられたとしてもいたしかたないだろう。

現に、米田の豹変ぶりに、形勢が逆転したことをたちまち感じ取った北川は、

「俺はいつでもいいですよ。でも、米田さん、早いほうがいいんでしょ？」

と、ニヤニヤしながら答えたのだった。

けれどそういったことが、まりあの脳裏をよぎることはなかった。まったくチラとも。ただ、いよいよボルシチを作ることが避けられない状況になってきたことへの焦りが募るばかりだった。

「祖母の味を、わたしが忠実に再現できるとはかぎりません。というより、ほぼ無理ではないかと」

「大丈夫だよ」

なぜか北川が請け合う。

「じゃあ、来週にしようか」

米田が畳みかける。

（ら、来週⁉ まさか来週早々ということはあるまいな。今日は金曜日だぞ。）

心配でこころのつぶやきまでおかしくなるまりあだ。

「ああ、いいねえ。じゃあ、来週の金曜の終業後っていうのはどう？ せっかくのボルシチだ。ウオッカとは言わないが、ワインくらいは飲みたい」

北川の提案に米田はうーんと唸った。

「うちはさあ、残業はさせないんだ」

「そうか。じゃあ諦めるしかないな」

「社長、わたしなら大丈夫です。それに、塊の肉を煮込むので、お昼より助かります」

「そう？ なら、申し訳ないけどお願いしようかな」

「はい」

「材料費は俺にまかせて」

北川が名乗り出た。

「当たり前だ。それといいワインも調達してこい」

と米田が念を押せば、北川も負けじと、

「残業代、弾んであげてくださいよ、ぼくのワイン代くらいに」

と応酬した。

ふたりは上機嫌だったが、まりあは気が気でない。

入社以来、客人に食事を提供しては幾度となくお褒めの言葉や感謝の言葉をもらって、ほっとすると同時に恐縮しているまりあの代わりとばかりに、米田はいつも答えるのだった。

「いやあ、ついこのあいだまで、樋口はキャベツの千切りもまともにできなかったらしいですよ」

だからその話は北川も聞いている。つまり、米田も北川もまりあの料理の実力を知っているはずなのだ。

（なのにふたりともはしゃいじゃって。）

つい今しがたのふたりのようすを思い浮かべ、こころのなかで軽く非難した。けれど思い返せば、ボルシチと答えたのはまりあ自身だ。この季節なのだからと考えたまではいいが、それならいっそ湯豆腐とでも答えておけばよかったのだ。

そうであれば、その後はこんなふうに展開したかもしれない。

「え、湯豆腐？　それがおふくろの味？」

「はい」

「なるほどねえ」

なにがなるほどなのか北川にもわかってはいない。けれど、ほかに言いようもないのである。そして北川は、感慨深げにこう続ける。

「やっぱり家庭っていうのはそれぞれだなあ」

当たり前過ぎてひっくり返ってしまいそうな感想だ。けれど、これでリサーチもほぼ終わりとなる。まさか、「湯豆腐か、いいなあ。ぜひ、食べてみたい」とはならないだろう。

仮になったところで、調理の手間のいらない湯豆腐なら失敗のしようもない。

（正解は湯豆腐だった。それをあろうことかわたしは、ボルシチと答えたのだ。しかもご丁寧にも、それがおばあちゃんから引き継いだものだという情報まで提供してしまった。ああ、あと一週間。何度練習ができるだろう。）

入社早々、お好み焼きの練習をひたすら繰りかえしたことをまりあは思い出していた。両親ばかりか妹ののえさえ文句は言わなかったものの、家族全員、連日のお好み焼き攻撃に辟易していたことは明らかだった。

(それを考えると、やっぱり一度かしら。だけど、それだと手順を覚えるだけで精一杯じゃない。あーっ！　忘れてた。仕上がるまでに時間がかかるんだった。もう、やっぱり何度もできない。)

考えれば考えるほどうまくいかないように思えてきたそのとき、まりあは閃いた。と、同時にその閃きはひとつの言葉となってまりあの口にのぼった。

「おばあちゃん」

そう、百合である。

*

おばあちゃんのボルシチを教えて、というまりあの申し出を百合は歓迎した。

初孫のまりあが、百合には世界でいちばんかわいい子どもだった。それはまりあがおとなになったいまも変わらない。いや、おとなになればなるほど生真面目で不器用な性格は顕著になって、そのゆえもあって愛おしさは増した。

だから、就職が決まらずアルバイト生活に突入したまりあを百合は案じた。

自分の夫、つまりまりあの祖父は早くに世を去って頼ることはできない。まりあの父の侑一は、コネ入社など時代錯誤と思っているのか、どうにも頼りにならない。

娘のいざというときに役に立たないんじゃ、侑一さん、父親の資格がないじゃないの。

ぶつぶつ文句を言いながら、父親ではなくとも役に立つ存在を思いうかべた。米田だった。高校の同級生で、いまだに交流がある。小さいとはいえ食品商社の経営者で、当然、顔も広い。そしてなにより、信頼に足る人物だ。

百合はためらわず、米田に相談した。すると、秘書がひとり退職するからよかったらうちにと米田が提案した。まさにそのタイミングで相談を持ちかけることができたのも、百合に言わせればご縁があったということだ。そんな予定がなかったとしても、米田は百合から相談を受けた時点で、まりあの採用を考えたにちがいなかった。あるいは他所を紹介するにしても、事前に会って人物を確かめてみたいとは考えたはずである。

そうして一年が無事に過ぎた先月のこと、百合はまりあから、コメヘンに入社できてほんとうによかった、おばあちゃんのおかげだと感謝の言葉を聞かされたのだった。

「ご縁があったのよ。それだけのことよ」

百合はクールに答えた。そして今度も、

「ママに教わっても同じよ」

と、百合は笑いながら言った。

じゃあそうすると、まりあがけっして言わないことを見越してのことだ。案の定、いや予想よりずっと揺るぎない調子のまりあの声が耳のなかに飛び込んできた。

「でも、おばあちゃんがいいの。急だけど、明日、泊まりがけで行ってもいい？」

「かまわないわよ」

頰をゆるませながら、百合は答えた。

「じゃあ、お布団、干しておかなくちゃね」

「ありがとう、おばあちゃん」

まりあはそう言って電話を切った。

＊

翌日、まりあはゆっくりと目を覚ました。

すでに問題の大半がクリアされたような気がして、昨夜はベッドのなかで遅くまで本――帰りがけに立ち寄った本屋で見つけた『日本人と食文化』――を読み、ぐっすりと眠り、すっきりと目が覚めた。

布団のなかはあたたかいが、顔が冷たい。

りっぱに冬だ。ボルシチと答えてよかったと、抜け出せないでいる布団のなかでまりあは思った。

もっとも昨夜、冷や奴や湯豆腐は簡単な料理だけれど、豆腐はけっして簡単な食べ物ではないという記述を『日本人と食文化』という本のなかに見つけ、湯のなかで揺らめく白い豆腐のつややかな見た目になめらかな食感と、滋味深い味わいをたちまち思い起こし、湯豆腐というのも案外よかったかもと思い、いや、湯豆腐はわたしにとっておふくろの味というわけではないと思い直した。いずれにしても、湯豆腐は料理ではないなどと切り捨ててはならない豊かな食べ物だということをまりあは肝に銘じて、眠りについたのだった。

「さあ、起きよう」

上体を起こすと、両手の指を組み合わせ大きく一度のびをした。

パジャマの上にカーディガンをはおって階下におりていく。

キッチンテーブルの前に座り、ひとりでテレビを見ていた母の加奈が振り返って、

「起きてきたの？　おはよう」

と、まりあに声をかけた。

「うん、おはよう」

まりあが挨拶を返したときには、加奈はもうテレビに向き直っていた。画面のなかには、いっぴきの猫がどこかの国の街中をのんびりと歩いている姿が映し出されていた。加奈の

好きな番組だった。

「そういえば、コメコ、とっても大きくなったよ」

「コメコ？」

「ほら、うちの会社で飼っている猫」

「ああ、コメコっていう名前だったっけ。かわいいね」

「うん、とってもかわいい」

と、まりあが同意する。加奈のかわいいは名前に対してで、まりあのそれはコメコの存在そのものに対してだ。まりあは続けて、

「毎朝、出社してくるみんなにちゃんと挨拶するの」

と、自慢げに言った。

でもいちばん懐いているのは安藤さんにだけど。それはもうあからさまにちがうもの。安藤のズボンの裾（すそ）にからだをこすりつけているコメコの姿を思いうかべながら、水を入れたドリップポットを火にかける。

「コーヒー淹れるけど、ママ、飲む？」

「ありがとう。いただくわ」

「そういえば、のえは？」

テレビを消した加奈にまりあは重ねて質問した。猫の番組は終わったらしい。

「のえはデート。パパはゴルフ」

「じゃあ、ママもいっしょに行く？　おばあちゃんのうち」

まりあが誘うと、加奈は少しだけ間をあけて、

「やめておくわ。パパは夕方には帰ってきちゃうから」

と、答えた。

「それで、今日は泊まってくるのよね？」

「うん」

「おばあちゃん、大喜びね。まりあはいちばんのお気に入りだから」

思いがけない発言に、まりあは加奈を見た。ドリップポットの細い注ぎ口からドリッパーのなかへ湯は落ち続けている。

「ほら、ぼんやりしてるとお湯があふれてやけどするわよ」

ほんとうだ。まりあは慌てて注ぎ口を上に向けて、

「よかった、危ないところだった」

と、答えた。

百合には四人の孫がいるが、子どものころからいまに至るまで特定のだれかをひいきに

していると感じたことはなかった。それは自分だけではなく、孫たち全員がそう感じているはずだとまりあは思う。

「おばあちゃんは、いつも公平で、だれかをとくべつ扱いするなんてことはなかった」

レーズンパンをちぎりながら、思い出したようにまりあは反論した。

「みんながいるときはそうよ」

「みんながいないときも。お年玉だって入学祝いだって、おばあちゃんはいつだって、みんな同じって」

「そうね。それから態度も。だけど、気持ちはちがうのよ。それが人間のやっかいなところっていうか、いいところっていうか。おばあちゃんは孫のなかで、まりあがいちばん好きだし、おばあちゃんをいちばん好きなのもまりあだから、それでいいのよ。ねえ、まりあ」

「なに？」

「コーヒー、すごく上手にはいってる」

「よかった」

まりあはにっこりした。

国立(くにたち)の南口改札を出ると、ベージュのトレンチにあざやかなオレンジ色のストールを巻いている百合の姿が目に飛び込んできた。百合もまりあを見つけたらしく、小さく手を振ってきた。

そういえば小さかったころもここで、そんな百合の姿を何度も目にしたことをまりあは思い出した。駅で落ち合うと、百合はまりあたちを引き連れ、大学通りにある老舗(しにせ)のケーキ屋に行くのがお決まりだった。

食材は買っていくからというまりあに、「散歩がてら迎えに行くわ。買い物もいっしょに」と言ったのは、百合もまたそれを懐かしんでのことかもしれない。

「おばあちゃん」

駆け寄ってまりあが声をかけると、

「いらっしゃい。さ、買い物に行きましょうか」

と、百合は答えた。

商店街にはいると、あちこちの店舗がクリスマスのディスプレイをしているのに目がいった。

「クリスマスが近づくと、街がキラキラしてくるね」

ウィンドウをのぞき込むようにしながらまりあが言った。

「そうなのよ。だからね、あと一週間遅かったらよかったのに」

「どうして？」

「大学通りのイルミネーションがはじまるから。今年は十二月六日からよ」

と、百合が答えた。

「中学生くらいまでだっけ？　毎年、あのイルミネーションを見にきたのって」

「そうね。そのくらいだったかもしれないわね」

そう言った百合の声には、当時を懐かしむというような湿っぽさ、もう何年も来てないじゃないというような恨みがましさは一切なかった。けれど、今年はなにがあってもおばあちゃんとイルミネーションを見ようという気持ちが、突如、湧き起こって、

「おばあちゃん、再来週の金曜か土曜、いっしょにイルミネーション見ない？」

と、まりあは言った。金曜なら会社帰りにそのまま来ればいい。

「忙しいのにいいわよ。見るとしたって、相手がちがうでしょ」

「忙しくないし、相手いないし……そうだ！　イルミネーション見てから、エストゥアーリョでご飯食べない？」

「エストゥアーリョ？　いいわねえ」

エストゥアーリョの名前を出したとたん、百合の反応が変わった。

エストゥアーリョは国立にあるイタリアンレストランだが、エストゥアーリョと百合とまりあの間にはちょっとしたいきさつがある。

最初の給与でまりあが百合にご馳走したいと伝えたときに、百合が提案した店が、料理はおいしくシェフがイケメンと評判の高いエストゥアーリョだったのだ。

早速、予約をしようとするも、予約欄には×がずらり。これではいつになったらおばあちゃんにご馳走できるのだろうと落胆するまりあの前に現れたのが、そのイケメンシェフ近藤だった。まるで映画のような展開だが、なんのことはない、近藤もまたコメヘンのお客さまだったのだ。

その後のあれやこれやは省くとして、予約サイトでは×の日にもかかわらず、百合とまりあ、そして米田は、エストゥアーリョでディナーをいただくことになったのだった。

「ね、いいでしょう？　お給料が出たらおばあちゃんを招待するって言ってたのに、結局、近藤さんに招待してもらっちゃったし。今度こそ、わたしがご馳走する」

「そうねえ、じゃあ、お言葉に甘えて」

「うん。じゃあ、あとで予約サイトを見てみるね。空いているといいんだけど」

「あらだめよ」

と、百合が言った。間髪を容れずを体現したような素早さだ。

「予約サイトからじゃ無理よ。いいわ、わたしが電話するから」

まるでわたしが電話をすればなんとかなる、それどころか、なんとでもなると言わんばかりの言い方に、「あのあと、おばあさまがときどきいらしてくださってます」と近藤が言っていたことを、まりあはたちどころに思い出した。

百合はきっと何度か通って、すっかり近藤と親しくなったにちがいないのだ。おそるべし、島津百合。こころのなかでまりあはつぶやいた。いつだったか、まりあと百合は似ていると米田に言われたことがあったが、とんでもない、似ているのはのえのほうだと、まりあは思う。とくにこんな話を聞かされたあとでは。

「じゃあ、おばあちゃんにおまかせ。あ、スーパー、通り過ぎちゃう」

「あら、大変」

ふたりはそそくさと店内にはいって、必要なもの——牛すね肉の塊、キャベツ、人参、そしてビーツとサワークリームを買った。玉葱とじゃが芋はと尋ねると、家にあるからいらないと百合は答えた。百合の買い物のしかたはテキパキしていて気持ちがよかった。唯一、百合が迷ったのはビーツだった。

「あっ、生のビーツがあるわ。缶詰を買おうと思ってたんだけど」

「おばあちゃんは、缶詰を使ってるの？」

「そう。だって、昔は生なんて売っていなかったもの」

「じゃあ、缶詰を買おう。今回の使命はおばあちゃんの味を再現することにあるの」

「でも、生のほうがおいしいと思う。ボルシチを教えてくれたロシア人の主婦は、日本には生がないから缶詰でがまんしますって言っていたのよ。時代が変わったわねえ、近ごろは昔なかったような西洋野菜がスーパーにも出回ってるし」

「うん。でも今回はおばあちゃんがいつも作っているとおりにして」

まりあは懇願する。

「そうねえ」

それでもためらう百合にまりあがとどめのひと言を放った。

「小さいころから食べてたおばあちゃんのボルシチじゃなきゃだめなの」

＊

「え、お肉、お水から入れるの？　それも焼き目とかつけないで？」

「そうよ、どうして？」

六割ほど水をはった大鍋に、かなり大きめのひとくち大——あえて言うなら三口大ほどに切り分けた肉の塊を、百合はぽちゃんぽちゃんと入れていく。

「表面を焼くとか、沸騰してから入れて肉の表面に膜を作らないと、浸透圧の関係で、どんどん水のなかにタンパク質や脂質が流れ出てしまうんじゃないかと思って」

「旨みが逃げてしまうってことね」

まりあの指摘を百合があっさり要約する。

「それでいいのよ。旨みを閉じ込める必要のあるときは肉のまわりを焼いてから。スープを作るときには、水から。スープに肉や野菜の旨みが溶け込むからおいしいの」

ああ、なるほどとまりあは合点した。

「だからと言って、肉や野菜がまずくなるわけじゃないから安心して。ただね、水から入れると、アクがすごく出るの。それを丁寧に掬（すく）わないとだめよ」

スマホのメモ帳にまりあは「肉は水から」のつぎに「アクは丁寧に取る」と入力した。

鍋の水はまだまだ沸く気配がなく、肉は旨みをどんどん放出して水は濁っていく。心配になって、まりあは尋ねた。

「こんなに濁っていいものなの？」

「大丈夫大丈夫」

と、百合が答えた。

やがて、湯が沸いてつぎからつぎへと出てくるアクを掬っていくと、濁っていたスープが透明になるのがわかった。

「ほらね」

「うん。すごい」

アクを取りきり、鍋のなかにローリエの葉っぱとコンソメを入れると、「じゃあ、休憩」と、百合は言った。

「休憩？」

「そうよ。まさかずっと鍋を見はっているつもりじゃないでしょ？」

そう言って百合はさっさとお茶の準備をはじめた。お茶請けは恵比須やの練り切り。これを百合に食べてもらいたくて、まりあは三鷹で一度降りたのだった。その甲斐はあった。折良く店頭に出ていた岡本に会うことができたし、百合も和菓子のお土産を喜んでくれた。

「まあ、きれいねえ。この小さな箱のなかに季節が詰まっているみたい」

箱をあけた百合が華やいだ声で、二週間ほど前にまりあが感じたのと同じことを口にした。恵比須やの練り切りはあのときより時が進んだようだった。薄紅の山茶花の上にもわずかに霜が降りていた。あざやかだった紅葉の葉はいまは落ちついた色合いに変わっていた。

「これは、蕪かしら。なんてかわいいの」

蕪？　蕪を買った覚えはないし、だいいちショーケースのなかに蕪はなかったはず。いぶかりながら百合を見ると、百合のてのひらにはたしかにころんとした蕪が載っていたのだった。

あっ。まりあはハタと思い当たった。まりあが注文を決めている間、岡本は一度店の奥に引っ込んだ。おそらく岡本は十二月の練り切りの試作をしていたのだろう。まだ売ることはできないが、よく知っているまりあへのおまけとしてならいいだろう、と入れたにちがいない。

鍋が肉を柔らかくしてくれているあいだ、百合とまりあはお茶を楽しんだ。話題は主にこの一年のまりあの奮闘録である。出会ったひとたちを生き生きと語るまりあに、いるべき場所に孫娘はいるのだと、百合は感じた。

カタカタと鍋の蓋(ふた)がなっている。

「そろそろ野菜の準備をする時間ね」

百合が席を立つと、まりあも湯呑みやら銘々皿やらを流しに運んで、すぐに洗いはじめた。そのなめらかな動作にまりあの日ごろの仕事ぶりを見て、百合は、米田に頼ったのはまちがいではなかったと心から思った。

＊

白いスープ皿にあざやかな深紅のスープを見るなり、

「へえ、これが樋口家のボルシチか」

と、北川は言った。

「島津家のボルシチだよ」

すかさず米田が訂正する。

「島津？　樋口さんでしょ、まりあさんは」

「そう。だけど、このあいだ、樋口も言っていたじゃないか。これはもともとおばあちゃんが作っていたものだって。樋口のおばあさんは、島津。だから島津家のボルシチが正しい」

「米田さん、熱いですねえ」

「そうか、まだ飲んでない」

「ボルシチの話じゃないですよ、樋口さんのおばあさんの話ですよ」

「百合さんか。高校の同級生だよ」

「同級生ねえ」

意味ありげに北川が繰りかえした。

「あの、冷めないうちに」

と、まりあが口をはさんだ。

「おお、そうだった。じゃあ、まずは北川にお持ちいただいた上等なワインで乾杯するか」

北川が持参したのは、白の辛口ワインだった。

「肉料理だから赤が王道かもしれないんだけどね、味を想像するに、きりっとした冷たい白がいいと思ってね」

「はい、元々ビーツやキャベツといった野菜の甘みがスープにたっぷり溶け込んでいるものなのですが、うちのは、お店で召し上がるものより甘いはずです。それに、熱い料理なので、ぴったりだと思います」

「じゃあ、やっぱりこれでよかったのかな」

「はい」

テーブルの上には、ボルシチの赤い皿、緑色の野菜だけでまとめたサラダ、白ワインにパンとバターという美しい光景が繰り広げられている。

「では」

と、米田がグラスをあげると、ふたりもならい、口に運んだ。

「おいしい」

と、言ったのはなんとまりあだ。

「ん？ 樋口さんて、飲める口なの？」

「強くはないです。それに、自分でもお酒の味がわかるなんて思ってはいませんでしたけれど、なんだか、とってもおいしいです」

米田と北川が顔を見合わせて笑う。

「さて、いよいよボルシチだな。それにしても深いルビー色だね」

米田の言葉にまりあはうなずいて、

「まんなかに置いたサワークリームをまぜながらお召し上がりください」

と、言った。

「おお」という声がふたりの口から出たのは、サワークリームの塊をほんの少し崩しただけで、あざやかな深紅からやわらかなパステルカラーに変わったからだ。

「うまい！」

「うん、うまい」

ほおばったふたりが口々に言う。

そのようすに安心して、まりあもスプーンを口に運んだ。サワークリームが溶けたスープは、色合いばかりではなく味もまろやかになっている。

「うまいなあ。赤い色は、この赤い野菜から出るの？」

スプーンにビーツを掬いながら、北川が尋ねた。

「あ、はい。それはビーツです。ほんとうは生のものを使うらしいのですが、祖母が作りはじめたころは、日本にはまだ生のビーツっていうのが出回っていなくて。いまはあるんですよ、生のビーツ。スーパーでも売っています」

「じゃあ、これも？」

「いえ、うちのボルシチをということだったので、缶詰を使いました。缶詰ですから、もう茹でた状態になっているので、ビーツは最後の最後に入れます。そうするとパーってすごくきれいな赤になるんです。あ、あとケチャップもはいってます」

「ケチャップ？」

北川の声におどろきが混じる。

「はい。トマトを使うのが正式だと思うんですが、祖母はためらうことなくケチャップを投入していました。だから余計甘みが増すんです」

「なるほどねえ。で、やっぱりこれを食べると、樋口さんはなにか思い出が甦る？」

（そうでした。この会食の発端はそれでした。）

「あの、まだ思い出っていうんじゃないんですけど……」

まりあがそう切り出すと、

「ほら、北川、樋口はまだ思い出を語るような歳じゃないんだよ」

と、米田がおかしくてたまらないというように言った。

「なるほどねえ。食に郷愁を感じるのは、年寄りばかりか」

「いえそんな。ただ、母が作るものには、季節を感じることができるんです。たとえば、このボルシチは真冬にしか作りません。十二月に食卓にあがったことはなかったんじゃないでしょうか。毎年、一月の終わりから二月にかけて、ほんっとに寒いっていうときに出ます」

「なるほど」

「あと、おせちもそうです。わたし、おせちの黒豆が大好きなんですけど、母はぜったいおせちでしか作ってくれません。一年に一度、おせちでしか食べないから、ああお正月だって思うのよって。きっと母も祖母にそう言われたにちがいありませんけど」

「そうやって、代々受け継がれていくんだな。なんかいい話だなあ」

「あと何十年かしたとき、樋口さんも同じことを言いながら思うんだよ、ああ、お母さんも言ってたなあって。あ、樋口さん、おかわりある？」

「ええ、ありますよ。たくさん作りましたから」

「じゃ、ぼくも」

「はい」

そう答えて、席を立ち、北川と米田の皿を下げると、まりあはおかわりのリクエストに応えるためにボルシチを温め直した。

鍋のなかの鮮やかな色を見つめながら、まりあはそっと思った。もっともっと歳をとってボルシチを作るたび、わたしはきっとこのあいだの祖母と過ごした時間を、百合の言葉とともに思い出すことだろう。

「ボルシチはね、できあがりまでに時間がかかるけど、ちっとも難しい料理じゃないのよ。お鍋がおいしくしてくれるから」

温まっていくボルシチに向かって、まりあはこころのなかで語りかけた。おばあちゃんの言った通りだったよ。やってみればなんてことはない。

恋と起業のにんじんケーキ

十二月にはいると、取引先からお歳暮が届きはじめる。

ビールや日本酒といった酒類は、キッチン室で開かれる忘年会で消費し尽くされ、菓子は社員のおやつにまりあが各自の机に配って歩く。そういうかにもなお歳暮のほかに、変わり種のお歳暮が届くのもコメヘンならではだ。たとえば、千葉の農家からはさつまいもが、金沢(かなざわ)の葛屋さんからは加賀麩(かがふ)のセットがという具合に。それらもなるべく均等に分配する。

コメヘンからもお歳暮を贈るのだが、それも変わり種といえば変わり種だ。

「はい、これがお中元とお歳暮の送付先リスト。あなたのパソコンにも送ったけど、こっちで説明するわね」

そう言って前任の吉沢ゆかりが渡してよこした二枚の紙。お中元のほうには○や△や□が散らばり、お歳暮のほうには○と◎が記されていた。

「この印はなんですか?」

「まず、お中元のほうからね。○は和菓子屋さん、△は洋菓子屋さん、☆はパン屋さん、

□は飲食店。■は、ドレッシングとかお茶漬けの素とか、そういうオリジナルの商品がある飲食店。それぞれのお店になにがあるかは、樋口さん、一度、お店に出向いて見てみるといいわ。住所の最後の括弧（かっこ）は、うちの担当者の名前。そのひとたちに言えば連れて行ってくれるから。あと、無印は生産者さんね」

「は、はい」

「うちは、お中元にはほかのお客さまのところのものをお贈りするんだけど、和菓子屋さんには和菓子は贈れないでしょう？　だから……あなたなら、なにを贈る？」

　説明がいきなり質問に変わって、まりあは焦った。

「えーと。和菓子屋さんに洋菓子というのもどうかなと思うので……」

　そこまで答えたところで、

「どうしてそう思うの？」

　と、ゆかりに突っ込まれた。

「どちらもお菓子なので」

「そうね、どちらもお菓子だわ。でもね、飲食のひとたちって、よそのお店のものを食べ歩くって聞かない？」

　ああ、そういう話はたしかに聞いたことがある。

「だからいいでしょって言うんじゃないけど、参考になればと思うものはお贈りするようにしているの。参考商品としてではなく、あくまでも季節のご挨拶の形で。さっきも言ったけど、さすがに和菓子屋さんに和菓子を、洋菓子屋さんに洋菓子を贈ったりはしないわ。だから、和菓子屋さんに洋菓子やジャムを、洋菓子屋さんに和菓子や……そうそうゆず胡椒を贈ったこともある。営業担当に、新商品が出たら教えてもらうことにしているから、これからはあなたがチェックして」

「はい」

いつものようにメモを取りながら、まりあはゆかりの話を聞いた。

「じゃ、つぎにお歳暮ね。こっちはお中元より楽よ。まず◎には矢代農園のものを贈る。ここは菜園のほかに養鶏もしていて、卵が絶品なの。お歳暮はここの卵」

「えっ？　卵ですか？」

「そうよ。毎年楽しみにしていただいているわ。で、矢代さんのところの担当は安藤さん」

「あの、管理部長の安藤さんですか？」

「ええ。矢代さんのところには、たぶん、早々に行くことになると思うわよ」

そして、ゆかりはむふふとほほえんだ。

（なんなんですか、その不気味な笑い。もったいぶっていないで、さっさと教えてください。）

こころのなかで必死に念じるも、ゆかりには届かない。ゆかりはただ「で」と続けた。

「で、この〇は、鶏を飼っている農家さん。つまり、卵以外のお歳暮を贈るところね」

いまでは、矢代農園の担当が安藤であることも、早々に行くことになるだろうという言葉の意味も（実際、ゆかりが退職して一週間後には、まりあは安藤に連れられて農園を訪れた）、わかっている。

そして今朝も、まりあは安藤の車で、矢代農園までお歳暮の発注に行ったのである。

お歳暮が生卵と聞いたときには驚いたが、いまでは充分納得できる。もうほかの卵には戻れないと、まりあばかりか家族全員が口をそろえるのだ。今日も、自宅用に十個入りの紙パックを二つ買った。

「じゃあこれはおまけね」

矢代まりが新聞紙でくるんだ人参を渡してくれた。新聞紙からのぞくふわふわと柔らかな葉が、みずみずしい青い匂いを発していた。

「いい匂いがします」

「いまさっき掘り起こしたばかりで、まだ土がついてるからよく洗ってよ。それと、葉っぱも食べられるからね。天ぷらでもいいし、佃煮みたいにしてもいいし」

「はい、ありがとうございます」

「ふうん。それで、あの人参なわけね」

昼食の弁当をほおばりながら、山本梢がぽつりと言った。今日の弁当はみたか産直館の〈みたか応援御膳〉だ。鶏の竜田揚げのほかに、地元で穫れる野菜の煮物に卵焼き、十穀米のご飯がはいっている。

昼食はいつも、営業の野島樹実香が午前の外回りの帰りに、梢とまりあの分もいっしょに調達してきてくれる。弁当は、産直館ばかりでなくキッチンカーや飲食店のテイクアウトのものなど、和洋中とバリエーションも豊かで、味の外れがない。今日の〈みたか応援御膳〉は、まりあの好きな弁当だ。

口のなかのレンコンがなくなったところで、まりあが答えた。

「はい。洗って、水が切れるまでざるにあげておこうと」

「わたしはまた、マグレガーさんの畑から盗んできたのかと思ったわ」

「ピーターラビット！」

まりあと樹実香の声が重なった。思わず大きくなった声に、キッチン室にいる社員の興味深げな視線が集まった。そのなかにひとり、なんの関心も見せず黙々と食事を取っている人間がいた。森だ。

森はコメヘンでただひとりの広報担当で、手がけるホームページや商品のリーフレットは、プロかと思うほどのセンスの良さとクオリティの高さを誇っている。先々月の四十周年行事では、まりあたちといっしょに実行委員のメンバーとなり、彼が制作したポスターとチラシは社内外を問わず大評判だった。

仕事はできて、そこに尊敬の思いを持ってはいても、森はいつも不機嫌そうな雰囲気をまき散らしていて、まりあは彼が苦手だった。

「あ、すみません」

まりあが周囲に頭を下げると、小さな笑い声が起こった。

「ふたりとも、合わせてくるわねえ」

梢も苦笑いだ。

「だって、梢さん、ピーターは世界一、有名なうさぎですよ。葉っぱのついた人参で思い出すのはあのやんちゃなピーターしかいないでしょう?」

マグレガーさんは、ピーターに畑の作物を食い荒らされてしまう気の毒なおひゃくしょうさん。そしてあのときピーターが食べたのは……、とまりあが思ったそのとき、

「そういえば、そのシーンを使ったコマーシャルもあったわねえ」

　と、梢が言いだした。

　その言葉にまりあと樹実香が顔を見合わせる。

「ああ、あなたたち、まだ生まれてなかったか」

「出た！　ジェネレーションギャップ」

　ぼそりと樹実香が言って、にこりと笑った。こんなときの樹実香は憎たらしいほどかわいい顔になる。

「おばさんで悪うございました」

　と言う梢に、

「ほんとですよ」

　と、間髪を容れずに樹実香が答えた。

　実行メンバーになってからというもの、三人は月に一、二度、仕事終わりにご飯に行く仲になった。その折の梢と樹実香のこんなやりとりはいつも決まった笑いのネタでもあるのに、まりあはその都度ひやりとしてしまう。

「ずるいですよ。十歳も年下のあんなイケメンと結婚して。しかもバーテンダーなんて。職業までカッコいいじゃないですか。梢さんみたいなひとがとっちゃうから、わたしたちまで回ってこないんですよう」

（わたしたちって、わたしは入れてくれなくて全然いいんですけど。それより、野島さん、それ、酔っているときの決まり文句ですよ。それをしらふで、しかもここで言うなんて。）

そう思ってチラと梢を見ると、梢も、はじまったなという顔をしていた。してはいたが、どうにかしようという気配は皆無だ。

「そういえば」

と、とりあえずまりあは言ってみる。

「なに？」

と、樹実香。

「そういえば……」

「うん」

「マグレガーさんの畑でピーターが食べたのは、人参じゃないんです」

と、まりあは言った。

思いついたのがそれだった。というより、実はさっきから言おうか言うまいか迷っていたのだ。

「うそ！　だって、人参、持っているじゃない、ピーター」

「いえ。あれは二十日大根……」

「二十日大根は赤くて丸いやつでしょ？」

「はい。ですから、ほんとは二十日大根でもなくて……たぶん、二十日大根って訳すのがいちばんわかりやすかったんだと思うんですけど」

「まりあちゃん、その説明、全然わかりやすくないんだけど」

と、樹実香が突っ込む。

「すみません」

まりあは詫びて、こう続けた。

「マグレガーさんの畑で、ピーターはまずレタスを何枚か食べて、それからさやいんげんを食べて、二十日大根を何本か食べるんです」

「人参は？」

「食べません」

まりあはきっぱりと言った。

「でも、食べてたよ」

と、樹実香が言い、

「食べてたわよ」

と、梢も言った。

「ですからあれ、人参じゃないんです。ぱっと見は人参なんですけど、葉っぱがちがいます」

「じゃあ、なに？」

「西洋赤大根です」

「なにそれえ」

と、素っ頓狂な声をあげたのは樹実香で、

「これね」

と、梢は素早く検索したスマホの画面をまりあに見せた。

「そうです、これです。でも、西洋赤大根じゃわからないから、日本語訳では二十日大根にしたんだと思います。同じ赤い大根だから」

「それ、だれかに教えてもらったの？」

「いえ」とまりあは答えた。

まりあがこのはなしを初めて読んだのは小学一年生のときだった。それ以来、暗記できるほど、絵の細部まで思い出せるほど読みかえしてきた。それから二年ほどが経ったとき、突然疑問がわいたのだった。

どうして、絵では人参を食べているのに、おはなしのなかに人参が出てこないのだろう。しばらく考えて、結論に至った。そうだきっと、二十日大根を食べたあと、人参を食べたにちがいない。そのときの絵がこれで、絵があるからおはなしに書かなくてよかったんだ。

それから何年も経って高校生になったある日、ひさしぶりにまりあは絵本を開いた。そしてとんでもない事実に気づいたのだ。

これ、人参じゃない。葉っぱがちがう。

まりあはテキストをじっくり読んだ。


それから、まず、れたすをなんまいかたべ、それから、さやいんげんをたべ、それから、はつかだいこんをなんぼんかたべました。

長いこと人参だと思っていたものこそ、はつかだいこん——と訳されたもの——であることに、まりあはついに気づいた。たしかにそれは、レースのように繊細な人参の葉ではなく、大きく元気な大根の葉っぱだった。

ということを、まりあは語った。その話に樹実香は、

「え〜っ」

と、疑わしそうな声をあげた。

「ヒントはそれだけじゃなかったんです。はつかだいこんをなんぼんかたべました、っていうのもヒントだったんです。野島さんだったら、二十日大根を何本も食べたって言いますか?」

「ううん、何個かよ」

「そうなんですよ。わたしたちが知っているあの丸い二十日大根だったら、何個なんです」

まりあの目がきらきらと輝く。いまや弁当を食べるのも忘れているほどだ。

それればかりか、そんなまりあを興味深げに見つめる梢の視線にもまったくといっていいほど気づいていない。まして、ほんとに面白い子だ、この探究心というかしつこさは使える、と思われていたことなど、もちろん知る由もなかった。

このときの使えるとは、いつか起業した暁にはということだが、それはまだ先の話である。

「箸が止まってるわよ」

梢に指摘されて、まりあは「あっ」と小さく声を発し、急いで食事の続きに戻った。

「それで、なんだっけ、西洋赤大根？　そこに行き着いたってわけね」

「ふぁい」

ご飯のはいった口をすぼめながら、まりあは答えた。

「でも、うさぎと言えば人参じゃないですかあ」

納得がいかないのは樹実香だ。

「そう決めつけるのはどうなの？」

諫める梢に、樹実香は、

「梢さん、知ってます？『にんじんケーキ』っていう絵本」

と、切り出した。

「知らないわ。樋口さん、知ってる？」

「いえ。でも、そうですよ野島さん、にんじんケーキです。にんじんケーキ、それです。ありがとうございます」

まるで求めていた答えが樹実香によってもたらされたというようなまりあの喜びよう。かたや礼を言われた樹実香は、これからかの物語のストーリーを話そうと思っていた矢先に出鼻をくじかれたかっこうである。いまさら、それはこんな話で、という気にもならず、おまけにまりあがにんじんケーキを連呼した理由もありがとうのわけもわからずじまいだ。

「樋口さんがもらってきたあれでにんじんケーキを作ってくれるんですって」

まりあに代わって梢が答えた。

「えっ？　そうなの？　いついつ？」

「今日の午後はお客さまもいらっしゃらないですし」

「電話は総務でわたしが受けるわ。で、わたしでわからないようなことは、ここに回す」

梢はいつもテキパキしている。

(ゆかりさんもそうだったけれど、こういうひとこそ秘書に向いているのではないだろうか。いや、総務にだって山本さんは必要で……)

「それでいい？」

という梢の声が耳に届いて、まりあは慌てて答えた。

「はい。お手数をおかけします」

「あなたがほかの仕事をしているあいだ、代わりに電話を取るのは総務の仕事。樋口さん、あなたまさか、キッチン室でお昼を作ったり、おやつを作ったりするのは仕事じゃないとでも思っているんじゃないでしょうね？」

梢の声が仕事の引き継ぎを受けていたときのゆかりの声に聞こえてきて、まりあは心強いような嬉しいような気持ちになった。ふと、右も左もわからなかったあのころに戻ったような錯覚に陥った。

「いえ。でも、純粋に仕事かというとどうなんだろうと」

「ふつうの会社ならちょっとあり得ないわよ。でも、うちは食品商社だから、商品を調理して試食するためにこうしてキッチン室もあるわけじゃない？　うちの会社の規模や扱っている商品に比べて、立派すぎるきらいはあるけど」

ますますゆかりの発言に聞こえてきて、まりあは、でも、こんな立派なキッチン室を提案したのはゆかりさんじゃないですか、と口に出して言いそうになった。

「さて。じゃあ、仕事に戻りますか。樋口さんはこのまま残る？」

「いえ、いったん席に戻ります」

「ねえねえ」

黙ったままことの成り行きを見守っていた樹実香が、ようやく自分の番がやってきたとばかりに声を発した。

「にんじんケーキ、今日食べられるってことね？」

「はい。ちょうど自宅用に買った卵もあるので」

と、まりあは答えてにっこり笑った。

「あ、でも」

テーブルの上を片づけはじめた梢がふと手を止めて言った。そこに不吉なものを嗅ぎ取った樹実香が即座に反応する。

「え、なんですかあ」

せっかくその方向で進んでいるんですから余計なことを言わないでくださいよ、というニュアンスがしっかりとはいった「なんですかあ」である。

声にこそ出さなかったものの、それはまりあも同じだった。もしかすると梢は前言を翻して、やはりケーキ作りは仕事ではないと言うのだろうか。あるいは、自身の仕事の状況を思い出し、まりあの分の電話までは受けられないと考え直したのかもしれない、と。

どちらでもなかった。ケーキ作りはまだ奨励され続けていた。

「クリームチーズがないでしょ」

「あ、ほんとだ」

と、言ったのは樹実香で、

「そうなんですか」

と、尋ねたのはまりあだった。

「やだあ、まりあちゃん。材料も知らないで作るつもりだったの？」

知っているつもりだった。

パウンドケーキにバナナがはいればバナナケーキ（これは妹ののえが高校生のころ、よく作っていた）、レモンの絞り汁とレモンピールがはいっていればレモンケーキ（これは近所のケーキ屋さんでおいしいのを売っている）、ほかにも抹茶やココアやチョコチップを混ぜたものなど、パウンドケーキはバリエーションが豊富だ。作り手の創意と工夫でいかようにもできるのがパウンドケーキのいいところなのだ。

にんじんケーキはそのひとつだと思っていました、とまりあは正直に言った。

「まあ、まちがいではないわ。でもね、にんじんケーキはチーズフロスティングをするのが正統だし、おいしいってこと」

「チーズフロスティング、ですか」

「フロスティングって、アイシングのことよ。クリームチーズとバターと砂糖を混ぜ合わせたものを焼いたケーキの上に載せるの」

「そ、そうなんですね。今日の帰りにクリームチーズを買います。ケーキは明日です」

「ええ、そんなあ」

樹実香は不服そうな声をあげた。感情がそのまま声に出る。

まりあ自身、せっかくの朝穫りの人参を早く使いたい気持ちもある。すると、

「ダメダメ、焼くのは今日。ひとばん冷蔵庫で寝かせておくと、生地が馴染んでしっとりおいしくなるの」

「すごい！　まりあちゃんの代わりに梢さんが作ったほうがおいしかったりして」

わたしもそう思いますとこころのなかでつぶやいたそのとき、梢がぴしゃりと言った。

「樋口さんの代わりをわたしができても、わたしの代わりを樋口さんはできません」

まさにその通りだ。そして梢は、ますますゆかりのようである。


席に戻ると、まりあは早速にんじんケーキを検索した。

たちどころにいくつかのレシピが出てきて、梢が念押しをしていたチーズフロスティングというのもちゃんと出ている。

レシピを読み比べ、これぞというものを選び出すと、まりあはメモ帳をひろげた。そして、

「レーズンとくるみも要るんだ。シナモンは……キッチン室にある、と」

ぶつぶつ言いながら、必要な材料と分量、手順を書き出していく。

調理はタブレットを見ながらでもできるのだから、無駄なことをしているともいえる。

けれどアナログなこの作業が、脳のメモリーに記録されて動作がスムーズになるようで、

まりあはいつもこのひと手間を惜しまないことにしているのだ。

そしてもうひとつ、手間を惜しんでいないことがある。本屋に出向いてはぴんときたレシピ本を買い求め、検索で手にはいるレシピとプロの料理研究家や料理人のレシピとの違いがどこにあるかを探ったり、さらに実際に作って味の違いを確かめたりするのだ。

そんなことをしたからと言ってだれも褒めてくれない。それどころか、テーブルの上に似たような料理ばかりが並ぶとあって、家族の不評を買う。

でもまりあはめげずにやる。そうすることが、自分の仕事だと思っているからではない。やらないでは気が済まないからやるのである。

そうしてみると、プロと呼ばれるひとたちの仕事は、検索レシピより、ひと工程、ふた工程多いことに気づかされた。どちらもおいしい。でも、おいしさがちがう。

入社して一年と三か月。まりあ本人はいまもって自信がないのだが、まりあの料理の腕は確実に、そして格段にあがっていた。振る舞われた面々が口をそろえて褒めるのも、あながちお世辞ではないのだ。

レシピを書き出し終えると、米田にお茶を淹れ、しばらくの時間、席を外すことの了承を得た。

　ふたたび階段を下り、そのまま玄関を出て、まりあは倉庫に向かった。入り口からのぞいてみたところ、入り口すぐの机に安藤はいなかった。奥のほうか二階で在庫の確認をしているのだろう。

「安藤さーん」

　まりあが奥に向かって呼びかけると、

「にゃあ」

　という返事が返ってきた。コメコだ。

　机の下に目をやると、タオルを敷いたバスケットのなかでもぞもぞと動くのが見えた。

「コメコ」とまりあが声をかけると、律儀に「にゃあ」と返事をして近づいてきた。

　そっと手をのばし、柔らかな背中をなでながら、

「おまえがここにいるってことは、安藤さんは二階ね」

　と、話しかけた。

　安藤の行く先行く先について歩くコメコだが、階段がまだのぼれないので、安藤が二階に行ってしまうと、階段を見上げてはみゃあみゃあ鳴く。やがて諦めてバスケットに戻るのだった。

「安藤さーん、樋口です」

スチール製の階段の下でさらに大きな声でまりあが安藤を呼んだ。

「おう。ひぐまちゃんか。いま、下りてく」

安藤の声が降ってくると、まりあの足元でコメコが騒ぎ出した。まりあはしゃがんでコメコを抱き寄せると、「待っててって」とコメコの耳にささやいた。

じき、階段を下りてくる靴の音がして、

「お、コメコ、遊んでもらってるのか、いいなあ」

という声が聞こえてきた。たちまち、コメコはしなやかに身をよじってまりあの腕をするりと抜けると、安藤のほうに行ってしまった。

「安藤さん、朝はありがとうございました」

「おう。で、今度はなんだい？」

「あの、レーズンとクルミの小さい袋、ありますか？」

「小さいってどのくらいのだ？」

「どちらも一〇〇グラムほどです」

「わかった。で、今日はなにを作るんだい？」

「にんじんケーキです。でもできあがるのは明日ですけど」

「二日もかかるのか。ずいぶんとご大層なしろものなんだな」

そう言いながら、安藤はスタスタと倉庫の奥に歩いていく。安藤についていきながら、その背中に声をかけた。

「作りはじめればそんなに時間はかからないんですけど、ひと晩冷蔵庫で休ませるとおいしさが増すらしいんです」

「ほう。そりゃ、楽しみだな。あ、これだ。レーズンはいちばん小さいのが二〇〇、クルミは九〇だな。クルミ、二袋、持って行くか？」

「いえ。九〇グラムでぴったりです」

「じゃ、これでいいかな。出庫伝票を書いておいてくれよ。あ、それと……」

「はい」

「薄力粉、使うだろ？　ちょっと試してみてほしい粉があるんだ。埼玉の〝さとのそら〟っていう品種なんだけど、菓子作りにいいということなんだ」

「はい。パウンド型で三台焼く予定なんですけど、いま、キッチン室にある薄力粉と比べてみましょうか。あと、米粉も試せます」

「大変じゃないか？」

「ちっとも大変じゃないです」

と、まりあは答えた。

コメへンの商品を比べるのなら、ケーキ作りは会社の仕事に結びつく。梢の発言もあって、ケーキ作りをやましく感じる気持ちはきれいになくなっていたものの、こんなふうに明確な目標があればなおのことといい。それに、粉に含まれるタンパク含有量や灰分量によって、焼き上げたときの食味、食感に違いが出るはずだから、まりあはそれを自分の舌で味わってみたいと思った。

「じゃあ、やってもらおうかな」

「はい、おまかせください」

まりあは小さくガッツポーズを取った。

＊

翌日、まりあは時間を見計らってチーズフロスティングを作り、それぞれのにんじんケーキに厚めに塗っていった。

恵比須やの練り切りの、山茶花や粗朶の上に密(ひそ)やかに降りた霜のような繊細さはないが、それは、明るく柔らかな土の上にどっさりと降り積もった雪のように見えた。

その雪の下にはウサギ穴があって、いたずらっこのピーターがフロプシーやモプシーたちといっしょに、あたたかな巣穴のなかの寝心地のいいベッドで青い毛布にくるまっているようにまりあには思えてきて、完成したにんじんケーキをうっとりと眺めた。

そして、もう一度冷蔵庫に戻した。今度はフロスティングがほどよく固まるのを待つのだ。午後三時くらいにいい塩梅になるはずだった。

「にんじんケーキ　食べくらべ
十二月九日十五時〜　キッチン室にて
生地の違うにんじんケーキを三種類ご用意しました。（ひとくちサイズです）」

うさぎと人参の絵をそえたチラシを社内の主だったところに貼っておいた効果があってか、三時を少しすぎたころから、キッチン室にひとが集まりだした。

一番乗りは、梢と樹実香。推して知るべしというところだろう。それと樹実香と同じ営業の木下もふたりといっしょにやって来た。これで広報の森がいれば、周年行事実行委員のメンバーが揃うことになる。

それぞれに、薄力粉「さとのそら」使用、薄力粉「きたほなみ」使用、米粉「ミズホチカラ　製菓用」使用、とラベリングした三枚の皿を前にして、まりあは森に来てほしいようなほしくないような気持ちになった。

　でもきっと来ないよね、前に筍（たけのこ）のこむすびの試食をしたときもたしか来なかったし。

そんなことを思っていたまさにそのとき、森の姿がキッチン室のドアのところに現れて、
まりあは「キャッ！」と小さな悲鳴をあげてしまった。

「どうしたの？」

　樹実香が眉間（みけん）にしわを寄せて聞く。

「あ、なんでもないです」

「そう。ならいいけど」

「それより、みなさん、食べ比べてみて、いかがですか？」

　と、まりあは聞いた。

「うまい。もっとたっぷり食いたいくらいだ。だけどひぐまちゃんがこれ以上食べないよ
うに見張ってるし、俺は外回りがあるからもう行く」

　そう答えた木下はいきなり片手を挙げて、

「森くん、早く来ないとなくなっちゃうよ」

　と、大声で呼んだ。

　それには、まりあばかりか樹実香も、そしておそらく先ほどからなにやら意味深な笑み
をたたえていた梢もおどろいたはずである。なにしろ、皿の上にはまだたくさんのひとく

ちケーキが載っていたのだから、言うことが滅茶苦茶である。

当の森は表情を変えないで――というよりむしろ憮然としたようすで近づいてくると、重ねてある小皿を手にし、ひとつずつ取り分けていった。

木下は森のそのようすを見届けると、

「じゃ、俺は行きますから、森くん、あとはよろしく」

そう言って、森の肩をバンと叩いた。

森は前のめりになり、あわやケーキはこぼれ落ちそうになった。

「おっと」と声をあげながら森はなんとか体のバランスを保ち、災難は免れた。思わず拍手をするまりあたち。

「じゃあ」と、木下が今度こそというふうにからだの向きを変えた。

「あ、木下さん、壁の模造紙に書き込んでいってください」

「壁の模造紙？　この、うさぎと人参が描かれてるやつ？　なんだこれ、街角インタビューか」

それでも木下は、サインペンを取ると、それぞれの下に○を書き入れ、感想欄には甲乙付けがたい、と記した。

「ふまじめー。それで営業？　だめでしょ」

木下のコメントに樹実香がダメ出しをしたときには、もう木下はキッチン室から姿を消していた。

森もあっというまに食べ終わり、「ごちそうさまでした。それ、書くんですよね。全員ですか？」と、尋ねた。

「あ、いえ、強制ということではなく……でも、書いていただけたら……」

まりあが言い終わらないうちに、森は書きはじめ、書き終わると無駄口ひとつ叩くことなくキッチン室を後にした。

「相変わらず嫌な感じ」

森がいなくなると、樹実香がすぐさま口に出した。

「不器用なだけよ」

梢が擁護する。

そして三人で森の評価を読んだ。森は〝きたのほなみ〟のところに〇をつけ、「この粉が、どっしりとしたこのケーキにいちばん合っていたように思う。さとのそらはややふわふわした感じ。シフォンケーキなどに最適か。米粉のもっちり感も捨てがたい」

「なにこれ？　完璧（かんぺき）じゃない」と樹実香。

「たしかに完璧。わたしの感想とも一致する」

梢も同意した。

「意外だね。人柄さえよければ営業に来てほしいくらい」

樹実香はそう言ったが、まりあは少しも意外だと思わなかった。森の手がけた商品カタログを読めば、その説明がどれほど的確かがわかる。米の欄など品種や季節による微妙な水加減をじつにわかりやすく説明してあるし、それがどんな料理に合うかまで記載されているのだ。おまけにプロはだしのイラストつきで。

(森さんのイラストに比べたら、わたしの絵はまるで幼稚園児レベルだ。)

だんだんと埋まっていく模造紙を前にして、この絵を消すか、自分が消えるかどちらかにしたいとまりあは身もだえた。

「ああもうじれったい」

まりあはてっきり自分のことだと思ったが、梢の苛立ちの矛先はまりあではなく森に向けられたものだった。

「あのさあ、野島さん。つきあってみたら?」

「えっ、だれとですか?」

「森さんとよ」

樹実香はおおげさにのけぞった。天井に一匹、小さな蜘蛛が止まっているのが樹実香の目にはいった。

「なんでわたしが森さんとつきあわなきゃいけないんですか」

まわりに聞こえないようにと小さな声だが、語気はなかなか戦闘的だ。

「彼があなたのことを好きだからよ」

「またあ。冗談はやめてくださいよ」

という樹実香の言葉と、

「あーっ！」

というまりあの言葉が重なった。

「なに？」

不安そうに樹実香が尋ねた。

「いま、思い出したんです。森さんて、最近は時々、お昼にキッチン室を利用なさってるなあって。前はいらしたことなんかなかったと思うんですけど」

「そうよ。あの周年行事以降よ。そして、時々じゃなくて、ほぼ毎日」

「そうでしたか。全然気づかなかった」

「あのねえ、鈍い樋口さんでさえ気づいたのよ。その大きな目は無駄についてるの？」

「役に立たない目ですみません。わたしの目は好きなものしか映さないんです」

少し声が大きくなって、何人かが、樹実香のほうを見た。

「ここにいると目立つから、もうちょっとあっちに」

梢が樹実香の袖をつまんで窓際のテーブルのほうに向かう。こういうシーン、いつかどこかで見たことがある、そう思いながらまりあもなんとなくふたりについていった。

「じゃあこれからは少し気にしてみたら？」

「ていうか、森さんがわたしを好きだという根拠はどこにあるんですか？」

「そうだ、わかった」

「ほら、鈍い樋口さんにもわかったって」

「ちがうんです。こういうの、どこかで見たなあと思っていたんですけど、いま思い出したんです。高校生のとき、友だちが放課後の教室でやってました。教室のいちばん後ろの窓際のところに移動して」

「高校生？　いまどき中学生だってもう少し進んでるわよ。まったくまどろっこしい」

「すみません」

まりあはついあやまってしまう。

「とにかく、わたしはあの周年行事のときから気がついてたの。森さんの視線の動きとか、目のかがやきとか、イベントに対する熱の入れようとか」

とくに熱がはいっていたようにはまりあには思えなかったが、森が自分がすべきことを淡々とこなし、すばらしい成果をもたらしていたのはたしかだった。

「樋口さーん。これ、書けないよー」

経理の男性社員がサインペンをふりまわしている。インクが切れたのかもしれない。

「はい、いま行きます」

まりあが、食べ比べ試食に戻ったあとも、梢と樹実香のふたりはしばらくのあいだ、ひそひそと話を続けていた。

木下には街角インタビューかと揶揄されてしまったが、書き込みをしなかったひとはだれもいなかった。どのケーキがおいしかったかは好みが分かれたが、コメントはまりあの意図をしっかりくんで、木下以外はすべて粉の違いに関するものだった。

一時間が過ぎて、ケーキもあらかたなくなり、そろそろ片づけようかと思っていたとき、米田と安藤が連れ立ってやってきた。

ふたりは壁の模造紙を眺めながら、時に指を差したりして何やら話していた。そんなふたりの後ろ姿をまりあはドキドキしながら見つめた。

ふたりが振り返る。

「悪かったな、仕事を増やして」

と、安藤が言い、

「ご苦労さん、いい思いつきだったじゃないか」

と、米田が労った。

「こんな感じでよかったでしょうか。森さんが指摘してくださったように、シフォンケーキみたいなのも焼いて、比較したほうが粉の特性がもっとはっきりしたかもしれません」

「まあ、それはそうかもしれないが、実際に食べてみて、自分たちの商品を知ることが一番の目的なんだ」

米田の言葉に安藤も大きくうなずいている。

「コーヒーをお淹れしましょうか。おふたりが最後なので」

ふたりの返事を聞かないうちに、まりあは水道の蛇口をひねっていた。

*

まりあの少し先を水色の傘が歩いている。いや、傘が歩いているのではなく、水色の傘をさしたひとが歩いているのだが、つゆ先に近いところにぐるりとアヒルの絵がプリントされているその傘はとにかく目立つのだ。

入社初日に、そのファンキーな柄の傘と持ち主の梢の印象とがあまりにも違っていて、まりあはびっくりした。梢の人となりを知れば知るほど、そのギャップは大きくなった。

「山本さん！」

早歩きになって梢に追いついたまりあが声をかけた。

「あれからどうなったんですか？」

「あら？　樋口さんがそういうことに興味があるなんて」

そういうことに興味があるのではなく、次々にひとを好きになっては撃沈してしまう樹実香を案じているのだ。樹実香はとてもかわいい（それは本人も自覚している）のに、どうしてモテない（このことも本人は自覚していて、それをとても不当なことと感じている）のだろうと、まりあには不思議でならない。

「まあ、あれからのことはこれからを楽しみにしていて」

梢は謎かけのような言葉を残すと、それきりその話題には触れようとせず、ふたりして黙って駅までの道を歩いていった。

と、ずっと黙っていた梢が口を開いた。

「樋口さん、今日のケーキの名前は？」

突然の、しかも予想だにしない質問に、まりあは一瞬、思考が停止した。名前って……。

「にんじんケーキ、ですけど。キャロットケーキとも言います」

当たり前である。

「そういうんじゃなくて。もっとこう、オリジナルな名前よ」

「はあ」

「前に話したでしょ。いつか起業したいって」

そうなのだ。もともと米田がいた大手商社の総合職として働いていた梢は、社内で伝説だった米田を慕ってコメヘンに転職してきたのだった。入社の時点ですでに、いずれは起業をと考えていたという。

「食に関わりたいのよ。物語のあるものを提供していきたいっていうのは漠然とあったんだけど。今回のにんじんケーキはひとつ先に進むヒントになった」

「どんなヒントですか?」

役に立ったと言われたようで嬉しく、尋ねたまりあの声が弾んだ。

「それはまだ起業、ひ、み、つ」

梢はいたずらっぽく答え、

「でも、そのときは樋口さんに協力をお願いするかもしれない」

と、続けた。まりあはきょとんとしている。

そんなまりあを横目で見て、わたしなら、「めしあがれのケーキ」と名づける――と、梢は想像をめぐらしていた。

にんじんケーキはイギリスの伝統的で素朴なお菓子だ。ピーターラビットの舞台もイギリスだけれど、あのおはなしのなかにはケーキは出てこない。でも、ウサギ穴に落ちたアリスは、そのおかしな世界で「EAT ME（めしあがれ）」と書かれた小さなケーキを口にしている。

――世界中のそういうものを紹介しながら販売するのは、おもしろいんじゃないか。できれば豆本のようなものもつけて。だって「かわいい」は日本人のお得意とするところだもの。

一方のまりあは、ふたたび黙ってしまった梢をおずおずと見た。背が高い梢を見ようとすると、つい視線が上にいく。

「山本さん、その傘のアヒル……」

かわいいですね、というべきか、すごいですね、と正直に言っていいものか、まりあが迷っていると、

「これ、知らない？　ジマイマよ」

と、梢が続きをひきとった。むふふというように、梢の口元は緩んでいる。

ジマイマは、ピーターラビットのシリーズに出てくるアヒルだ。

わたしの傘に描かれているのはほんとうは無名のアヒルだけど。でもいいじゃない——
と梢は思った。物語を作るのは自分たちひとりひとりなのだから。

米良し、水良し、出会い良し

「おめでとうございます」

「今年もよろしくお願いします」

仕事はじめの朝、キッチン室にあかるい声が響き合う。

おせちやお酒がふるまわれるわけではないが、新年最初は社員一同、朝一でキッチン室に集うのが決まりだ。

仕事納めにここで恒例の忘年会をやり、会の最後に社員の一年間の労を米田がねぎらって、それぞれがよいお年をと言いあって解散したのは一週間前のことだった。

そうしてはじまった二度目の年末年始休み。年末の二十九日、三十日と大掃除をし、大晦日と年始の三日間は家族揃って三鷹の百合のところで過ごした。そして自宅に戻って、読もうと思って買っておいた本を半分も読まないうちに、休みは終わってしまった。

長いと思った休みはいざはじまってしまうとあっという間で、それなのに一週間ぶりの再会を懐かしく感じる自分がいる。まりあがそんな自分に驚いていると、ざわめいていたキッチン室が一瞬にして静まった。

米田が現れたのだ。

「あけましておめでとうございます。えー、今年も同じ挨拶です。また一年、健康第一に、売り手良し、買い手良し、世間良しの三方良しで頼みます。以上」

これで新年の挨拶はおしまいだ。今日は顔合わせだけなので、このまま帰ってしまってもいいのだが、営業の面々はそれぞれの得意先へと新年の挨拶回りに出かけて行く。内勤のひとたちは、たいてい一度は自分の席に戻り、メールのチェックをしたり、郵便物の確認をしたりして、明日から通常の業務ができる態勢を整えておく。

米田に新年初のお茶をと給湯室にはいったまりあは、ちょうど一年前の木下とのやりとりを思い出した。

「あの、木下さん、教えてほしいんですけど」

まりあが尋ねると、木下は相好(そうごう)を崩し、ドンと胸を叩いてこう言った。

「ひぐまちゃん、なんでも聞いてよ、なんでも答えてあげるから」

そのようすに内心ひるみながら、まりあは質問した。

「あの、さっき社長がおっしゃってたさんぼうってなんですか?」

「えっ」

と、木下が一瞬、絶句するのがわかった。もしかして、木下にもわからないことを聞いてしまったのかと後悔の気持ちがまりあを襲った。

「だからさ、売り手良し、買い手良し、世間良しのこの三方」

「いいえ、さんぽうじゃなくて、さんぽうです。社長は、はっきりさんぽうっておっしゃってました」

「さんぽうでも間違いじゃないんだけどさ、さんぽうのほうが正しいらしい。売り手と買い手の双方が喜ぶだけではまだ足りない。もうひとつ世間良し、つまり社会貢献をしてはじめて、良い商売をしたと言えるんだっていうね。これってさ、江戸時代の近江商人の心得なんだ。ほら、社長は藤田商事出身だから」

藤田商事出身だからとはどういうことだろう。きっとそんな顔をしたのだ。

「あれ、ひぐまちゃん、知らなかったっけ？」

「あ、いえ、それは知っています。北川環境事務所の北川さんからも何度も伺ってますし」

「あっ、ああ。わかったわかった」

木下はひとり合点すると、こう続けた。

「いい？　ひぐまちゃん」

「はい」

「藤田商事の創業者、藤田惣兵衛は天秤棒一本から財を成した近江商人でね。あ、勘違いしちゃだめだよ、惣兵衛は天秤棒を売っていたわけじゃない」

「はい」

まりあが相槌を打ったときにはふたりは給湯室の前に来ていた。

「ひぐまちゃん、社長にお茶、出すの？」

「ええ、お出しします」

すると、木下は当然のように給湯室にはいって話の続きにかかった。

「天秤棒は両端に商品を下げるための道具ってわけだ。で、大成した後、近江商人である惣兵衛は自分の会社に三方良しの理念を根づかせたんだ」

「それを米田社長が受け継いだんですね」

お湯を急須に注ぎながら、まりあが言った。

「そういうこと。社長は最初の商社勤務でその理念をしかと叩き込まれたんだな。ウィンウィンなんて言ってるようじゃまだだめなんだよ。ウィンウィンウィンじゃなきゃさ。どう？　俺って頼りになるでしょ？」

「はい。あ、木下さんもお茶をお飲みになりますか？」

「ありがとう。でも、いい。すぐに得意先回りに出るから」

「お忙しいのに、ありがとうございました」

まりあは律儀に頭を下げた。

「遠慮はいらないって。これからもなんでも聞いてよ。じゃあ、行ってくるよ」

「行ってらっしゃいませ」

と、まりあが言ったときには木下の体は給湯室から消えかかっていた。と、木下は振り向いてこう付けたしたのだった。

「それからついでに言っておくけど、社長の年頭挨拶は毎年同じだからね。えーって入るとこまでいっしょ」

「えー」に至るまでいっしょだったかは定かではないものの、その挨拶が去年と同じだったことはたしかだ。それは米田自身も認めるところである。

でも、まりあにとってはちがった。二度目に聞いた今年の三方良しは、まりあのこころにきっちりと響いた。市内の小学校の子どもたちのための会社見学も周年行事の食フェスも、世間良しの、そのひとつだと思うことができた。子どもたちが拾ってきたコメコを引き取ったことも、きっとそうだ。

「よし!」

と、まりあは声に出していた。

(ん? なんのよし?)

自分で自分に突っ込みを入れながら、まりあはこころのなかでもう一度「よし」と唱え、こころを落ちつかせて、今年最初のお茶を淹れたのだった。


「失礼いたします」

軽くノックをすると、

「はいよ」

中から機嫌のいい声が聞こえてきた。

米田の不機嫌な声というのをこれまでも耳にしたことはないけれど、米田が「はいよ」と返事を返すときはことに機嫌のいいときだ。

そして、その「はいよ」を聞くたび、まりあはくふふと笑ってしまいそうになるのをこらえなくてはならなくなる。

「お茶をお持ちしました」

「ああ、ありがとう」

机に向かい賀状の整理をしていた米田が顔をあげた。

「そちらでよろしいですか？」

「ああ、こっちで。ん？　この五家宝は恵比須やさんだね」

お茶請けにと添えた菓子に目を留めて米田が言った。

「はい、おっしゃるとおりです」

と、まりあは答えた。

「岡本さん、お見えになった？」

「いえ。実は祖母がすっかり恵比須やさんのファンになってしまって。正月の二日にもお店に伺ったんです。そのときに、きな粉がたっぷりのこのお菓子があったんです」

「なるほど」

添えておいた黒文字を米田は使わずに、親指と人差し指で五家宝をつまんで口に運んだ。きな粉のついた指先は、まりあが用意したおしぼりでぬぐった。

「うまいねえ」

「はい、きな粉は大河原食品さんのげんきなこです」

と、まりあは笑顔で答えた。

もち米や粟などを蒸して作った餅を細かくして再び粒状にする。それに水飴を加え、もう一度、平らにのばしたものがおこし――雷おこしや粟おこしのおこしはこのことだ――となるわけだが、それを棒状にし、水飴で練ったきな粉を巻き付け、さらにきな粉をまぶしたものが、この五家宝である。

五穀は家の宝。それが五家宝の謂われだということを、まりあは店頭に出ていた岡本に教わった。ふだんは五家宝を作らないが、五穀豊穣の願いと五つの家宝という縁起のいい名前が新年にふさわしいと、年末三十日からの二週間だけ店に出すのだという。

平安の宮中行事に起源を持つ華やかな花びら餅と素朴な五家宝、対照的と思えるその二品が恵比須やの新年を代表する菓子であることに、まりあはとても感動してしまった。そしてその両方を買い求め、花びら餅はその日のうちに、和紙の小袋いりの五家宝はつぎの日に食べた。

五家宝の小袋をあけると香ばしいきな粉の匂いがひろがった。それを黒の漆の銘々皿に小さな俵を重ねるように載せる。なんとも美しい、とまりあは思った。花びら餅や練り切りとはちがう美しさがたしかにある。

「なにをぼうっとしているの？」

加奈にそう言われて、皿の五家宝を黒文字にさして口に運んだ。しっとりとしたきな粉がくちびるにつく。水飴をまぶしたおこし米だけでなく、それを包むきな粉にも水飴を使っているから、前歯でちぎるとねっとりとした食感である。

「おいしい」

と、つぶやくと、

「ほんと、おいしいわね」

と、加奈も言った。

加奈の同意に深くうなずきながら、そうだ、年明け最初のお茶を出すときに、これもいっしょに、とまりあは思いついた。

五穀はコメヘンにとっての宝でもある。ならばコメヘンにとってこれほどぴったりな菓子はない。それに、なによりおいしいのだから。そんな思いからだった。

この五家宝が恵比須やのものとたちどころに言い当てた米田には、そんなまりあの気持ちもまた手に取るようにわかっていた。

——あとで電話をして岡本さんに五家宝の感想を伝えよう。感想と言いながら、秘書自慢をしたいのだと思われるかもしれないが、まあいいだろう。

そんなことを米田が考えていたときだった。

「社長」

と、まりあが呼びかけた。

「はいよ」

「今週のご予定を、今、確認してもよろしいでしょうか。それとも、お茶を召し上がってからにしましょうか」

今週の予定といっても、今日を含めて三日しかない。そしてまた三連休が待っている。ずるずると正月気分が続きそうなこんなときは、うっかりミスをしやすい。気を引き締めてかからなくてはとまりあが思うはしから、米田のたてつづけの「はいよ」が出て、くふふとまた笑いがこぼれそうになる。くちびるの端をまりあはきゅっと噛(か)んだ。

「いまでかまわないよ」

そう答えてまりあを見上げた米田がけげんそうな顔をした。くちびるを噛みしめているまりあの様子が気になったのだろう。

「どうかしたのか？」

と、米田は尋ねた。

「いえ」

なんでもありませんというように、まりあは首を横に振った。

「今週のご予定を申しあげます。七日の十一時に阿部さまがいらっしゃいます。同じ七日の夕方からは商工会議所の賀詞交歓会です。六時開会ですから、五時出発でお願いいたします。会場までは営業の佐野さんがお送りいたします」

コメヘンには社長専用車もなければ、当然専属の運転手もいないが、「歩いて通勤できるし、考えれば、いや考えなくてもわかるだろ。社長専用車があるような規模の会社じゃないよ、うちは」と、そう言って、米田は笑う。

外で会食や会合があるとき、米田はどこへでも電車で行っていた。そんな米田を見かねて、吉沢ゆかりが営業でその時間に移動が可能な社員に声をかけるようになったのだ。

「社員の仕事を増やすことはない」と言う米田に、「社長と話す機会ができるのですから、わたしたちにとってはラッキーです。仕事が増えるのはむしろ社長のほうかもしれませんよ」とゆかりは反論して、どんどん決めていった。

こういう場合の調整も、まりあがゆかりから引き継いだ秘書業務のひとつだった。

「あと、阿部さまですが、お昼のご用意はどういたしましょう」

十一時というのは、昼食を用意するのかしないのか、微妙な時間である。

「そうそう、頼もうと思っていたんだ。彼がね、粥をご所望だ」

「お粥ですか？」

「うん。阿部さんもその夜、米問屋関係の新年会があるみたいで、昼は軽いものがいいらしい。遠慮してそう言っているんじゃないから、箸休めは一品あればいい。庄内米のおいしいお粥を頼むよ」

庄内米の、と米田が言ったのには訳がある。はえぬき、つやひめ、雪若丸、どまんなか。米問屋・阿部は庄内米専門の米屋なのだ。

「承知しました。……あっ！」

「どうした？」

「あの、七日なので、七草粥にしましょうか？　それとも白粥のほうがよろしいでしょうか？」

「ああそうだなあ。七草でいくか。粥をと言うくらいだから、朝に七草粥を食べてくることはないだろう」

「はい。では七草粥をご用意いたします。……お茶のおかわりをお持ちいたしましょうか」

「いや。ごちそうさま。おいしかったよ」

「おさげしてもかまいませんか？」

「ああ、ありがとう」

湯飲みや菓子皿をさげるまりあの手元を見ていた米田が、思い出したように言った。

「あ、そうだ、阿部さんとはまだいっしょにお昼を食べたことなかったよね？」

「はい。お目にかかったことはありますが」

「じゃあ、明後日（あさって）はきみもいっしょに。楽しいひとだから、緊張しなくていいよ」

「はい」

と返事をしたものの、わざわざ米田がそう言うということは、とまりあははたと思った。わたし、いつもそんなに緊張しているように見えるのだろうか、と。

＊

「えーっ！　そんな炊き方で大丈夫ですか？」

大きな声がまりあの口から漏れた。

「なんだ、そんなおっきな声も出るのか」

安藤がからかうように言った。

「だって安藤さん、お粥といったら、土鍋で水からことこと、じゃないんですか」

「大丈夫だって。そばについてるから、心配せずに言ったとおりにやってみな。極上の粥が炊き上がるから」

「はい」

まりあは土鍋に一〇〇〇ccの水を張って火にかけた。米は、いつものように二十分ほど前に研いでざるにあげてある。

土鍋で炊くご飯の手順を教えてくれたのも安藤だった。言われたとおりにやったら、ほんとうにおいしいご飯が炊けた。

その安藤が、水からではなく、お湯が沸いてから米を鍋に入れるというのだ。安藤の発言でなかったら、絶対にやってみようとは思わない。

(だが待てよ。)

祖母にボルシチを教わったときのことが甦った。旨みを閉じ込める必要があるときは肉のまわりを焼いてから。スープを作るときには肉の旨みは溶け出してかまわないので水から。

「安藤さん!」

ふたたび大きな声が出た。

「ん?」

「沸騰したお湯にお米を入れるのは、そうすると表面だけが一気にα(アルファ)化して、旨みが外に逃げないからでしょうか」

　果たしてほんとうにおいしく炊けるのかという不安――今日は練習なしの一発本番である――と、化学的に証明できた安心とが混ざる。

「まあ俺には難しいことはわからんが。そんなに心配なら……とくべつに教えてやろうかな」

「ちがうんです、安藤さんを信用していないとか、そんなんじゃ全然ないんです」

　まりあは慌てて弁解するが、安藤は愉快そうだ。

「この炊き方はな、さる老舗の料亭の秘伝の炊き方なんだよ。お、ほら、沸いたぞ。鍋がカタカタいってる」

「あ、はい」

　蓋を開けると、大きな気泡が鍋底からいくつもあがっていた。そのなかにまりあは米をそっと入れた。

「そしたら、底をなでるように混ぜて」

「はい」

「まずはそれでいい……おっ、ほら、蓋はしめないんだぞ」

「あ、そうでした」

けっして難しいことではないが、まりあが予習をしておいた粥の炊き方からかけ離れていて、こうして隣に安藤がいてくれなかったら、聞いたとおりにやれたか疑わしい。ときどき木じゃくしで底のほうからゆっくりとかき混ぜながら、まりあは安藤にこころから感謝した。

ふっくらと甘い米の匂いがただよいはじめた。

「そろそろだな」

まりあが時計を見ると、米を入れてから十五分が経過していた。安藤が事前に言っていたのも十五分。ぴったりだった。

「安藤さん、ちょうど十五分です」

「じゃあ、火を止めて。塩を加減して入れて、あと、七草も入れちまいな」

「はい」

小さじ一杯ほどの塩と刻んでおいた七草を入れ、かるく混ぜ合わせた。甘い米の香りに草の匂いが混ざる。白のなかに散らばる緑がきれいだ。

「で、蓋をして、五分も蒸らせばできあがりだ。ひとりで運べるかい?」

今日はキッチン室ではなく、社長室で昼食となっている。粥の入った土鍋と、だし巻き卵、箸休めのちりめん山椒に金山寺味噌。それと茶碗や箸。充分ひとりで運べる量だ。

「はい、大丈夫です。ありがとうございました」

　と、まりあは答えた。

「ああ、いや。じゃあ、あとは任せたから」

　そう言って、安藤は倉庫に戻っていった。その後ろ姿に向かって、まりあはもう一度お辞儀をした。

「これ、ササニシキだね。樋口さんが選んだの？」

　阿部は粥をひとくち啜るなりそう言った。

「いえ、管理部長の安藤のセレクトです」

「そうか、さすがだな」

　そう言って阿部はまた粥を口に運ぶ。

「いやあ、それにしてもうまい。こんなにうまい粥を食べたのは初めてかもしれない。草がまたいい。いや、驚いたな、この粥」

　阿部の言葉に米田も満足そうにうなずいている。実はまりあもあまりのおいしさに驚いていたのだった。そればかりか、阿部がたったひとくちで米の銘柄を言い当ててしまったことにも驚かされていた。

「驚いているのは樋口のほうみたいだよ」

そう言って米田がまりあのほうに顔を向けた。

「あのう、たったひとくちで、なんのお米かってわかるものなんですか」

まりあが疑問を口にすると、阿部はニヤっと笑って、

「わたしは庄内米ひと筋四十年だよ」

と、答えたのだった。

「四十年、ですか」

四十年といえばコメヘンも同じ。まりあがそう思ったときだった。

「米田さんとも長いつきあいだなあ」

「ここがはじまる前からだから、四十一年……四十二年か」

と、米田が答える。

「コメヘンができる前からのお知り合いだったんですか?」

「お知り合いっていうかねえ。わたしは拾われたんですよ」

「拾われた?」

「そう。新宿(しんじゅく)駅にさ、西口と東口を結ぶガード下の通路があるでしょ?」

「あの天井の低い……」

「そうそう。そこにいたんですよ、わたし」

　そこにいたというのはどういうことだろうとまりあは思う。

「十七で家出して東京に出てきて、住むところもなくて……あそこは屋根があるから雨風はしのげるでしょ、だからあそこにいた」

（ということは、阿部さんは家出少年！　というかホームレス‼）

「で、通りかかったのが米田さんだったんだ」

＊

　すでに商社を辞め、米田はコメヘン立ち上げのために、日々、奮闘していた。

　その日は、新宿の東口にある喫茶店で人に会い、それから西口にある中小企業専門の金融機関に相談にいくことになっていた。東口から西口へ、いちばんの近道であるその通路を通ったとき、米田は阿部を見かけたのだった。

　薄汚れて座り込んでいる野犬のような少年。それが阿部だった。目が合うと、その印象は一層強くなった。米田は目をそらして、足早に立ち去った。約束の時間は迫っていたし、その見知らぬ少年にかかわる理由もなかったからだ。

　それなのに通路を抜け都庁方面に向かって歩きながら、米田はさっきの少年のことを考えていた。その姿に、親友だった少年が重なった。親兄弟にうとまれ、学校も休みがちで非行を繰りかえしていた寂しい子ども。けれど、あることから米田と遊ぶようになって、彼は休まず学校に来るようになった。家庭内での彼の状況が変わったとは思えなかったが、非行もやんだ。ふたりは同じ中学に通い、さらに親しい友だち同士になった。

米田は高校に進んだが、彼は中学を出ると就職をし家を出た。消息がわからなくなり、米田のこころのなかからもその存在は徐々に消えていった。

商社マンになってからは正直、思い出しもしなかった。

ところがある日、米田は彼の話を耳にした。アパートの一室でひとり死んでいたというのである。

その死に、米田はなんの責任もない。けれど、その知らせは米田のこころを深くえぐった。自分が自己中心的で薄情な男のように感じた。なにより、彼の死が悲しかった。悔しかった。まだ三十にもなっていないのだ。死ぬ歳じゃないだろうと叫びそうになった。けれど、悲しむ資格も悔しがる資格も自分にはないのだと思い知ってもいた。なぜなら、自分は彼のためになにもしなかったのだから。

その死は米田のこころに傷となって残った。

さっきの少年と米田の友だちとは、顔だちも似ていなければ、体つきもまるでちがった。

米田の友だちは小柄だったが、その少年は大きくて頑丈そうなからだをしていた。ほっておいても大丈夫だ。米田は足を早めた。

事業をはじめるにあたっての資金の相談を終え、新宿駅西口の改札の手前まで戻って来たとき、急に気が変わった。まだいたら声をかけよう。いなければそれでいい。そう思いながら通路の入り口にさしかかったとき、さっきと同じ場所に座っている少年の姿が目にはいった。

いざ少年の前に立つと、なんと声をかけていいのか米田はわからなかった。肝心なそのことをまるっきり考えていなかったのだ。

先に声を出したのは少年だった。

＊

「さっき通っていったひとだって、すぐにわかった。でも、いつまでもなにも言わずに黙って立ってるから、しかたなく、『なにか用ですか』って聞いたんだ。そしたら、『ラーメン、食いに行こう』っていきなり」

「いやあ、ほかに思いつかなかったんだよ」

米田が苦笑いしながら言った。

「それでラーメンをご馳走になって……あのラーメン、うまかったなあ。で、そのあと、米田さんの家に行った」

「え、その日のうちにですか？」

「そう。だから拾われたんだよ。子猫みたいに」

そう言うと、阿部は「ニャア」と鳴いてみせた。

「ちっともかわいくはなかったが」

と、米田が口を挟んだ。

（それにしてもすごい話だ。米田にしても阿部にしても、相手が悪い人間だったらと考えなかったのだろうか。）

そんなまりあの気持ちを読んだのか、

「行くところはないし、そろそろ風呂にもはいりたかったし。まあ、わたしは家でも学校でもいっぱい嫌な思いをしてきたから、目の前にいる人間がどういうやつかを見極める能力だけはあったんだ」

と、阿部は言った。

「それから、半年くらいかな、いっしょに暮らしたのは。そのころ、実家を出て、一人暮らしをしていたから、だれに気兼ねすることもなかったしね」

「わたしは掃除をしたり飯を作ったりのただ働きさ。たまに、米田さんのご実家で食べる晩飯が楽しみだったなあ」

「ただ働きって、人聞き悪いなあ。飯を食わせて、寝床を提供して、働き先まで探してやったのはだれだ？」

「米田さんです。でも、記憶が違ってますよ」

「えっ？」

　そんなはずはないという顔を米田はした。

「違うんですよ。風呂に入れて、着るものをくれてっていうのが抜けてます」

「抜かしてやったのは温情だ」

　そう言って米田が笑うと、

「健忘症だ」

と、阿部も笑った。それから急に真面目な顔になって、まりあを見た。

「でもね、樋口さん」

「はい」

「米田さんは、島根のわたしの家まで行って、おやじに頭を下げてくれたんですよ。就職先も自分が責任を持って面倒を見るって。こんなひと、います？」

まりあは首を横に振った。

そんなひとはいない。米田以外には。まりあはこころのなかでそう言った。

「それからしばらくして、庄内米を専門に扱っている米屋に働き口を見つけてくれた。先代の店です」

「屋号からして、わたしはてっきり、阿部さんがはじめられたお店だと思っていました」

「おやじさんから譲られたんだよ。ほんとはね、米問屋・高橋って、そのまま残したかったんだけど、おやじさんがおまえの店になるんだから、屋号も変えろって。屋号を変えるくらいなら、俺が高橋に改名しますよって言ったんだけど」

「そうだったなあ」

懐かしそうに米田が相槌を打つ。

「まあ、いいんじゃないか。かわいいひとり娘の婿なんだから」

「だから、余計ですよ。だいたいわたしは阿部っていう名字に毛ほどの未練もなかったんだ。結婚するときだってそうだったなあ。結婚を許していただけるなら……だってあっちは短大出のひとり娘で、わたしは高校中退。中卒ですよ。反対されて当然でしょ?」

当然でしょと言われて、そうですねとは言えるはずもない。

「でも、反対はされなかったんですね」

と、まりあは尋ねた。

「そうなんだよ。げんこつのひとつも飛んでくるかと覚悟してたのに、あっさり承諾。で、そのときも高橋になりますって言ったんだ。ところがおやじさん、男は小糠三合(こぬかさんごう)あるなら婿にはなるなって。意味わかる？」

「……お米屋さんだから、そうおっしゃったんです、よね」

まりあが自信なげに答えると、阿部は豪快に笑いだした。

（きっとトンチンカンなことを言ってしまったにちがいない。でも、お米屋さんで糠と言ったら……あの糠でしょ。）

「ことわざなんだよ。男たるもの、わずかでも財産があったら、婿になどならずに独立しろっていうこと」

「そうなんですね」

（知らなかった。わたしは知らないことばかりだ。）

まりあが視線を落とすと、ふたりの前の茶碗や小皿がすっかり空になっているのが目にはいった。

（片づけて、お茶にしなくては。）

そう思うのに、阿部の話は続いて立つタイミングが見つからない。

「懐かしいなあ。わたしはほんとの父親が死んだときも、葬式にもいかなかったし、悲しいとも思わなかったけど、おやじさんのときは……」

阿部の声がふるえる。言葉につまったのか、先が続かない。日が浅く、まだ悲しみが癒えていないのだろうか。そう思ったまりあは、少し声を落として尋ねた。

「お亡くなりになって、どれくらいですか？」

「えっ？　だれが？」

「奥様のお父さまが」

「えっ。死んでないよ。まだピンピンしてるよ。だけど考えただけで駄目なんだ」

「まあ、失礼いたしました」

（ああ、恥ずかしい。でも、でも、あれではだれだってそう思いますよ。懐かしいなって。おやじさんのときはって絶句して。）

みるみるまっ赤になるまりあを見て、阿部はまた豪快に笑った。すかさず、米田が助け船を出す。

「樋口さん、そろそろお茶を」

「はい。いますぐ支度をいたします」

「でもね、米田さん、米田さんに出会えなかったら、俺、どうなってたんだろう」

「まあ、これもなんかの縁なんだろう」

テーブルの上を片づけはじめたまりあの横で、ふたりは話を続けている。

「ああ、ごちそうさま。樋口さん」

まりあが手元の茶碗を下げるとき、阿部はそう言った。

「お召し上がりいただいて、ありがとうございます。お茶をお持ちいたします」

まりあが社長室を出ると、扉の向こうから阿部の笑い声が響いてきた。

「やあ、今日はよかった。いままで食べたなかでいちばんうまいお粥だったよ。ありがとう」

帰りがけの玄関先で、阿部がまりあにもう一度礼を言った。

「ササニシキを使ったのがよかったのかもしれません」

「ああ、そうだなあ。ササニシキは、育てるのがちとやっかいで、それにいまはほら、甘くてモチモチしている米が人気だから、生産量も少なくなっている」

「ササニシキはお寿司屋さんの寿司飯によく使われると聞きました」

「うん、そうだよ。そうだなあ、粥用に、一合とか二合とか小分けにして売るのもいいかもしれないなあ」

「そうですね、それと一般家庭の寿司飯用などもいかがですか」

「ああ、いいね。早速、やってみよう。やあ、ほんとうにありがとう」

そう言って、阿部は帰っていった。

「ありがとうございました」

まりあは深くお辞儀をし、阿部を見送った。

阿部の車が門を出たのを見届けると、まりあは倉庫へ走った。


「安藤さーん」

「おう」

大声で呼ぶ必要などなかった。安藤は入り口近くの机で、伝票の整理をしていたのだった。足元ではコメコが丸まって、ぐっすり眠り込んでいた。

「どうした、そんなに慌てて」

「お粥、ものすごくおいしかったです」

「な、そう言っただろう」

「はい、おっしゃるとおりでした。安藤さん」

「ん？」

「いつも助けてくださって、ほんとうにありがとうございます」

「よせやい」

安藤はすっかり照れて、眠っているコメコに話しかけた。

「なあ、コメコ、俺はなーんもしてねえよな。米のおかげだ。なあ」

イケメンシェフの和風ニョッキ

ったのだった。

　二月にはいると、空気はいちだんと冷たく張り詰める。その朝はことのほか気温が下がっていたようで、むき出しの顔がほんとうに冷たいのだった。

　目覚めたまりあの脳裏に、ふいに、小学生だった日の妹との会話が甦った。

「ねえ、おねえちゃん、からだのなかで、鼻のてっぺんがいちばん先に冷たくなるんだよ。だって、からだのなかでいちばん高いから」

　のえが二年生、まりあが四年生の年の冬のことだったと、まりあは記憶している。

　そのころには、手足の指先こそがからだの末端で、そこから冷たくなるのだと、頭でも体の感覚としても知っていて、妹はまだ小さいからなにもわかっていないのだと、まりあは思った。だいいち、からだのなかでいちばん高いのは、鼻のてっぺんではなく頭のてっぺんである。

　頭があることまで頭がまわらないのか、この子は。

　まりあはそんな妹がかわいくて、無下に否定することができず、

「うん、鼻のてっぺんがいちばん先に冷たくなるね」

と、答えたのだった。

こんなふうに横になっていれば、からだのてっぺんは鼻の頭。のえの言うとおりなのだと、昔を懐かしみながら、ざっくりと編まれたカーディガンを羽織り、もこもこの室内履きに足を突っ込んだ。

階下におりていくと、そののえ——すっかりおとなになったのえ——が、テーブルについて朝食を取っていた。

「おはよう。やけに早くない？」

まりあが声をかけると、

「うん。スキーに行くから」

と、答えた。

「今日からだっけ？」

「うん。うらやましい？」

コーンスープのはいったカップを手に、のえが尋ねる。

この春、大学を卒業するのえは、卒論提出と口頭試問のあいだにスキー、口頭試問が終わったらベトナム、そして卒業式後、最後の仕上げとばかりにヨーロッパ旅行を計画している。

就職が決まらず卒業し、卒業旅行さえまともに行かなかったまりあとは大違いだ。

だから、のえの「うらやましい？」が、スキーに行くことを尋ねているのか、自分のときとはあきらかにちがう状況全般を指しているのか、わからなくて、

「うん、まあね」

と、まりあはそっけなく答えた。

答えてみてすぐ、どちらにしてもさほどうらやましくはないな、とまりあは思った。

雪のあるところはいいなとは思うものの、スキーはそれほど得意ではないし、就職が決まらなかった卒業前後は苦しかったけれど、そのおかげでいまがある。

「まりあ、ご飯の用意していいの？」

キッチンから声をかけられて、

「ママ、おはよう。お願いします」

と、まりあは力強く答えた。

洗顔と着替えを手早くすませテーブルに着く。

朝食は目玉焼きとプチトマト、コーンスープ、それと小ぶりのテーブルロール。卵とト

マトは矢代農園のものをみたか産直館で、テーブルロールは駅近くのみかづき堂で、まりあが買ってきたものだ。ちなみに国産小麦粉のみを使うみかづき堂は、コメヘンのお得意様でもある。

「ねえ、なにかいいことがあった？」

隣でコーヒーを飲んでいたのえが聞いた。

「とくにないけど。どうして？」

「顔が嬉しそうだから」

「あっ！」

と、声が出てしまった。

なにかを思いついたときに、この「あっ！」が出てしまうのは、小さいころからのまりあの癖である。

「ほら、やっぱり。なにかあったんだ」

のえがニヤニヤしながらまりあの顔をのぞき込む。

その顔を見たまりあは、のえのほうこそよっぽど嬉しそうじゃないの、というより、わたしをからかって喜んでいる？　と思った。

だったら言いたくない。言いたくはないが、変に気を回されるのはもっといやだ。あとになって、なあんだ、てっきり恋人でもできたのかと思ったよ、などと言われるのはもってのほかである。

「しかたがないなあ」

と、まりあは言った。

「なになに？」

と、のえが身を乗りだした。

「今日、エストゥアーリョの近藤さんが会社にいらっしゃるの」

「ああ、あのイケメン……じゃなかった、超イケメンシェフの。それで嬉しそうだったのか。なあんだ、てっきり恋人でもできたのかと思った」

のえはまりあが想像したのと寸分違(たが)わぬことを言い、さらに、こう続けた。

「そのひと独身だけど、まさかおねえちゃん、なんとかなるとでも思ってるの？　かわいそうだけど、無理。無理無理無理、絶対無理」

「なんとかしたいなんて思ってないから」

「賢明だよ」

のえはぼそりと言った。

「ほら、のえ。くだらないこと言ってないで。遅れるわよ」

加奈にたしなめられ、のえが小さく舌を出した。それから、チラっと時計に目をやって、

「やばっ!」

と、叫んで席を立った。

「まったく慌ただしい」

そう言って席に着いた母に、

「たしかに」

と、まりあはうなずいた。

*

自分の席で、まりあはいつも以上に時間を気にしていた。近藤の来社時間は十一時が予定されていて、その時間を心待ちにしていたのである。

のえには教えなかったけれど、今日の近藤の来社は仕事の話のためだけではなかった。それなら、のえに見破られるほど浮かれたようにはならなかっただろう。

近藤は、手打ちパスタに使うデュラム小麦粉はイタリア産のものを、パンやドルチェに使う小麦粉はコメヘンで扱う国産のものを使っている。そしてかねがね、その国産小麦粉が素晴らしいのだと口にしていた。

先月の来社時、近藤はこんな約束をしたのである。

「パンや菓子だけでなく、なにかこう、店の新機軸になるようなものに使えないかと考えているんですけどね」

「近藤さんのところの料理にうちの商品が貢献できたら、それはすごいことですよ。ねえ、樋口くん」

と米田は、お茶を運んできたまりあに同意を求めた。

「はい。どんなお料理になるのかワクワクします」

心の底からまりあは言った。

「できあがったら、米田さん、試食してみてくれますか？　樋口さんもぜひ。女性の意見はことに大事なんです」

「喜んで」

と、米田が答えたのは言うまでもない。まりあもうなずく。

「はい、とても嬉しいです」

「よかった。店に出せるようになったら、百合さんに真っ先に召し上がっていただきたいなあ。よし、がんばるぞ」

（ゆ、百合さん？　近藤さん、いま、百合さんておっしゃいましたよね？）

百合さんのひと言が衝撃的すぎて、こころの声まではからずも敬語になってしまう。

穏やかでないのは、米田も同じだった。

「百合さんていうのは、樋口くんの……」

「ええ。去年の十二月にもご一緒に来てくださったんですよね」

「えっ、そうなの？」

米田の意外なほどの強い口調に、まりあは思わず「すみません」と謝ってしまいそうになった。すると、

「ああ、ぼくも行きたかったなあ。誘ってくれたらよかったのに」

と、子どもみたいな米田の言葉が続いた。

機嫌が悪いんじゃなくてよかったとほっとすると、おかしいような気の毒なような気持ちになって、

「いえ、そんな……あの、祖母がなんか勝手に予約して……わたしも行きたかったというか……」

と、説明にも言い訳にもなっていないようなことをもごもごとまりあは言った。

落ち込んでしまったように見えなくもない米田と対照的なのが近藤で、

「まあ、とにかく、試作品ができあがったら、ご連絡しますよ。待っていてください」

と、元気よく宣言して帰っていったのだった。


そしてついに昨日、近藤から連絡があり、急遽(きゅうきょ)、今日の昼に試食会を開くことになった。

ついては、コメヘンのキッチン室をお借りしたいとのことだった。

約束の時間の五分前、いつものようにまりあは玄関口で近藤を待った。待つことちょうど五分。十一時ぴったりに、近藤のワゴン車がはいって来るのが見えた。

いつもは玄関を出てすぐ左側の、雨よけの屋根を支える柱の前で来客を待つのだが、運び込む荷物も多いだろうと、車が停車するのと同時にまりあは駆け寄った。

「いやあ、なんだかんだで遅れてしまって申し訳ない」

と、詫びる近藤に、

「いいえ、時間どおりです。お荷物を運ぶのをお手伝いいたします」

と、まりあは告げた。

「だったら、台車を一台、貸してもらえるかな？」

「はい、すぐにご用意いたします」

そう答えて、まりあは小走りに倉庫に向かった。そのあとを、近藤がついてくる。

「安藤さーん。樋口です」

まりあが倉庫の奥に向かって叫ぶと、いつものように「おう」という返事が返ってきて、それほど遠くない棚の陰から安藤がひょっこりと顔を出した。

「安藤さん、近藤です」

と、近藤も挨拶をする。

「なんだ。おそろいでどうした？」

「台車を貸していただこうと思って」

「台車？　ここにあるやつでいいかな？　で、なにを運ぼうってんだい？　手伝うよ」

「ありがとうございます。でも大丈夫ですよ。それより安藤さん、お昼までにぼくがおいしいものを作りますから、ぜひ召し上がりにいらしてください」

「おう。そりゃあ楽しみだ」

近藤は安藤よりはるかに年下だが、コメヘンの大事なお客さまである。そのお客さまに、まさかのため口。しかし近藤は嬉しそうだ。

そんなふたりがまるで仲のいい叔父と甥のようにまりあには見えた。

「じゃ、借りていきます」

「ああ。ほかに入り用なものはないか？　粉でも砂糖でもなんでも」

「使う分は持ってきたんですよ。ただ、今日の評判いかんで、追加注文ですね」

「ってことは、注文間違いなしか」

安藤はそう言って嬉しそうにうなずいた。


寸胴鍋とフライパン、それに大小の段ボール箱が三つ。大きいほうの段ボール箱にはそれぞれ食材、調理用具がはいっているのが見てとれた。小さいひとつは口が閉じられていて中が見えない。近藤はその小さなほうの段ボール箱を持ちあげると言った。

「ちょっと重いかもしれないけど、樋口さんはこれを運んでくれる？　皿なんで割れるといけないから」

「はい」

近藤から受け取った段ボール箱をまりあは抱えた。想像していたほど重くはない。充分運べる重さだ。それにしても、わざわざ食器まで持参とはなんという念の入れようだ、とまりあは思う。

するとそんなまりあの気持ちを察したかのように、台車を押しながら近藤が言った。

「悪いね。ここにだって皿があることくらい知っているんだけど、できるだけ店と同じ状態で食べてほしかったから」

「エストゥアーリョが移動してきたみたいになりますね。あっ！」

「どうしたの？」

振り返って、近藤が聞いた。

「全然違います。うちのキッチン室」

備え付けの調理器具と広さは自慢できても、コメヘンの殺風景なキッチン室は、白と青を基調とし海をイメージしたエストゥアーリョの洗練されたインテリアとは比べようもない。

「そうか、テーブルクロスも持ってくればよかったかなあ。どうせ今日は休みだし」

近藤がそう話しているあいだも、台車は玄関階段の脇にあるスロープを順調に上がっていく。

「近藤さんじきじきのお料理だけで充分です。充分すぎます」

その声は近藤の耳には届かなかったようで、近藤が振り向くことはなかった。

「ほんとうにかまわないんでしょうか。いまからでもキッチン室を使用不可にすることはできますが」

段ボール箱にはいっているものを次々と出していく近藤に、まりあはそう声をかけた。

「いやあ、ぼくが勝手に押しかけてきてるんだから。それに、ここでお昼を食べるひとって、十人くらいなんでしょ。その方たちには、小皿で少し召し上がっていただこうと思ってね」

昨日近藤が、お昼のキッチン室の使用状況を聞いてきたのはそのためだったのだと、まりあは合点がいった。

豆乳、生クリーム、白ワイン、白味噌、生姜、黒胡椒、アサツキ、それとなにがはいっているのかわからない琺瑯の保存容器がふたつ。それらの食材を手際よく美しく、近藤は並べていった。

さあいよいよ、近藤の調理がはじまるのだ。それをこんなに近くで見ることができるなんて。考えただけで、胸の鼓動が高まっていく。

「お手伝いできることがあればなんなりとお申しつけください」

ドキドキしながらまりあは言った。

「そう？　じゃあ、そこに出ているアサツキを切っておいてもらおうかな」

「はい、これですね」

「洗ってあるから、そのまま小口切りにしておいて」

「小口切り」

と、復唱して、まりあはちらと近藤を見た。

まりあのその表情がなんとも不安そうだったのか、近藤は自前の包丁を手に取ると、

「このくらいかな」

と、見本を見せてくれた。

「はい！」

「で、それが終わったら、生姜をすりおろしてもらおうかな。皮つきでもいいんだけど、今回は白いスープになるから、色が出ないほうがいいんで、皮もむこう。皮はどうむくかというと、スプーンでね……あ、そこのスプーン、ちょっと取って」

「はい」

と、元気よくまりあは答え、スプーンを近藤に手渡した。気分はエストゥアーリョの見習い料理人である。

スプーンを使い、近藤は生姜の皮を、こそげ落とすという感じでむいていった。そんなやり方を目にするのは初めてのことだ。

近藤の手元を見つめながら、

「母はふつうに包丁で皮をむいていました」

と、まりあは言った。

「こうしたほうが無駄がないし、香りも立つんだ……よし、これくらいかな。この皮をむいた部分だけおろしてください」

「はい、承知しました。では、アサツキからはじめます」

見本の大きさに合わせるべくまりあは細心の注意を払ってアサツキを小口切りにしていった。

その横で近藤が保存容器から取り出したのは、パン生地をまるめたもののようだった。

「ここ、使わせてもらっていいかな？」

「はい、お使いください」

「ではお借りします」

近藤は鉄板を拭き上げ、小麦粉をふるった。

（パンを焼くの？　新作って、パン？）

目がつい、そちらに行ってしまう。

「なにを作るのか気になっているね。さあ、なんだと思う？」

まりあに話しながらも近藤は手を休めない。一方、まりあの手はいまや完全に止まっている。

「パンでしょうか」

と、まりあは答えた。

「ざーんねん！　は、ず、れ」

小麦粉をふるった鉄板のうえで、近藤は生地をいくつかのかたまりに分けると棒状に伸ばしていった。

「一・五センチ」

「えっ？」

「ぼくはね、一・五センチにしているんだ」

棒状にのばした生地を近藤がリズミカルに切っていく。一・五センチはどうやら、切り分ける長さのようだった。

「そうしたら」と、近藤はそのひとつを取り作業を続けた。

「こうして手でまるめて……ま、このままでもいいんだけど……こうして、フォークの背で模様をつけていく」

「あっ！」

「わかったようだね」

「ニョッキです」

「そう。じゃ、ぼくはこれを仕上げちゃうから、樋口さんはアサツキをやっちゃって」

「あっ、はい」

足手まといの見習い料理人もいいところである。いや、見習いなんてものじゃない。これではまるで、初心者向けのクッキング教室ではないか。すみません、とこころのなかでまりあは近藤に詫びた。そしてふたたびアサツキに向き直ると、脇目もふらずに切っていった。

「終わりました。生姜をおろします」

「はい、お願いします」

近藤持参のおろし金はたいそう切れ味がよく、道具ひとつとってもプロはちがうのだと感動してしまう。それに、近藤が説明してくれたとおり、むき方のせいか生姜特有のさわやかな香りも強い。

（そういえば、ゆずやすだちなんかも皮のところがいちばん香りが強いって、おばあちゃん、言ってたっけ。）

いつもは作ることにただただ必死になってしまうのだけれど、こんなふうにひとつひとつ気づきながら料理をするのは楽しいとまりあは思った。

「さあ、こっちも終わった。これで、湯を沸かせばまあ八割方できたも同然だ」

近藤は時間を確認して、

「うん、ちょうどいい時間だな」

とつぶやいて、水のはいった鍋を火にかけた。

まりあは目の前に並べられている食材をあらためて見る。豆乳、生クリーム、白味噌、開けられていない保存容器がもうひとつ。食材のほとんどが手つかずだ。それなのに、ほとんどできたも同然とはどういうことなのだろう。

「じゃあ、ちょっとひと休みだ」

近藤はスツールに腰掛けると、

「樋口さんもどうぞ」

と、まりあにもすすめた。

「ありがとうございます」と答えて、まりあも座る。なんと近藤と向かいあうかっこうになった。しかも思いのほか近い。

と、まりあはハタと気づいた。

(お湯が沸くまでのあいだ、近藤さんといったいなにを話せばいいんだろう。このまま黙っているわけにはいかないし。困った。困った。)

ああ、困ったともう一度思ったとき、近藤がまりあに話しかけた。

「さて、樋口さんに問題を出そうかな」

「問題ですか？」

と、さりげなく繰りかえしたものの、気持ちは、「えーっ！　試験ですか！」と慌てふためいている。それでも無言の時間が流れるよりずっといいのはたしかだった。

「あの珐瑯のなかにはアサリがはいっている」

「アサリだったんですか⁉」

「うん。もちろん砂抜きは済んでいるから、すぐ調理できる。そのときに残っている食材もすべて使う。さあ、ぼくはなにを作る？」

「えーと」

まりあは考える。ニョッキとアサリと豆乳に生クリーム、白ワインでなにができる？

（アサリならワイン蒸ししか思いつかない。白ワインもあるし。それにアサツキを散らす。そんなの新作でもなんでもない。ニョッキで生クリームを使うことがあるのは知っているけど、それに豆乳を投入？　うわあ、最低のオヤジギャグ……。それに味噌。味噌はどう使うの？　アサリの土手鍋？　それを言うなら牡蠣でしょ。）

「あっ！」

自分で自分に突っ込みを入れつつ考えるも、到底答えにはたどり着かない。

「わかったの？」

「いえ。大きいのと小さいのと、お皿が二種類あったことを思い出したんです。もしかして二品、作られるんですか?」

「目のつけどころはいいけど、それもはずれ。小さいほうは、ここでランチを召し上がるひとたちへのひとくち皿。降参かな?」

「はい、降参です」

まりあが観念すると、

「ああ、よかった」

と、近藤の口から意外な言葉が返ってきた。

「プロとして、すぐにわかってしまうような料理は作れないからね。あとは見てのお楽しみ。ただね、これは凝った料理じゃないから、樋口さんにもすぐできる」

ただし、けっして同じ味にはならないけれど。それを近藤は言葉にしない。あまりに当然のことだからだ。

生クリームはスーパーにも置いてあるものだけれど、瓶にはいった豆乳はどこかの豆腐店のものにちがいない。そして袋入りの白味噌、これもスーパーでは見かけない銘柄だった。

そういうひとつひとつが積み重なって味がまとまる。

素材とさじ加減、料理人の腕。どれひとつとして欠かすことはできないのだ。

「お湯が沸いたころだな」

と、近藤が立ち上がったタイミングで、「ウエストミンスターの鐘」のチャイムが鳴った。

「なに？　学校？」

「近藤さんはこれまで、チャイムが鳴る時間にいらっしゃったことがありませんでしたね」

目を丸くして自分を見る近藤に、まりあはにこりと笑って言った。近藤の驚きようがおかしかったのではなく、自分もやはりそうだったと思い出したからだ。

「お昼休みのはじまりと終わり、それと終業時にも二回流れるんです。わたしも初日は驚きました」

「驚いたというか懐かしいというか。よし、ではニョッキを茹でるか。まずはみなさんの分」

「わたしはなにを……」

おずおずと尋ねるまりあに、

「樋口さんは、できあがったものをみなさんに」

と、さわやかに近藤は答えた。

そうですよね。どう考えても、ほかにお手伝いができるとは思えません。こころのなかでまりあは言った。

いつもキッチン室でお昼をとる面々が集まりだした。

「えーっ！　近藤さん、なにやってるんですか、こんなところで」

近藤の姿を見るなり、大声をあげたのは営業の木下だ。

近藤は熱したフライパンにアサリとワインを入れたところだった。ワインの香りがふわっと広がる。

「ちょっと、試作品をね。木下さんも食べてみてよ」

「みなさんにもいま、すこしずつお持ちします！」

まりあが声をあげると、拍手が起こった。

「ちょっとちょっと近藤さん。ぼく、おにぎり買ってきちゃったじゃないですか。どうして教えといてくれなかったんですか」

「ああ、ごめんごめん。でも一人前の特典があるのは、米田さんと安藤さん、それとアシスタントをしてくれた樋口さんだけなんだ」

「ひどいですよ。ぼく、近藤さんの店の担当じゃないですか。アシスタントならぼくがしましたよ」

「もうなに言ってるんですか、木下さん！」

とがめる声が響いた。野島樹美香だ。たちまち、自分の騒がしさは棚にあげ、木下が騒々しいやつが来たという顔になる。

「もういいから席に着きましょう。だいいち、木下さん、お昼はおにぎり……」

「ああ、わかったわかった。ほら、野島さん、席に着こう。ひぐまちゃん、できあがったら順番にみんなに配って」

木下が樹美香の話をさえぎったのは、その先を続けられたくなかったからだ。とりわけ近藤には聞かせたくない。それは——。

昼食におにぎり以外のものを食べると、おなかが痛くなること、だった。

木下は傍若無人なように見えてとても繊細である。おにぎりもやはり木下が担当している縁むすび亭のものと決まっている。つまり、木下はだれが作ったのかわからない弁当を食べるのが苦手なのだ。

近藤が作るランチなら、コースだとしても食べられる。いやむしろ食べたいというのが木下の本音だった。

「はい、できあがったよ。小さいほうのお皿をとって」

「あ、はい」

「もう人数は増えない？」

「そうですね。いつものメンバーです。あ、あとひとり、来るかもしれません」

「そう。じゃあ、これを人数分でわけちゃおう」

そう言うと、近藤は手際よく皿に取り分けていく。やや黄色味がかった白のこっくりとしたスープのなかに、同じ色のぷっくりとしたニョッキが浮かんでいた。アサリの殻はこんにちはと言っているみたいに開いて、ぷりっとした身をのぞかせていた。

「樋口さん、アサツキをかけて」

「はい。パラパラっていう感じでいいですか？」

「いいんじゃないかな」

そう近藤が答えたときには、ニョッキは十一人分ぴたりときれいに取り分けられていた。

まりあがアサツキを散らし終わったまさにそのタイミングで、最後のひとり、広報の森がキッチン室に現れ、窓に近いテーブル席にひとりで座った。

（あっ！）

まりあはこころの中で声をあげた。突如、まりあは気づいたのだった。

森のテーブルと樹美香のテーブルとは近くはない。けれど樹美香がよく見える位置に森は座っている。

　このあいだ、梢が言ったことは正しいのかもしれない。

　ニョッキの皿を配っているあいだも配り終えてからも、まりあは森のことが気になってしかたなかった。

（あのときも、そうだった。）

　このあいだの森と樹実香の位置関係をまりあが思い出したときだった。

「ああおいしい。もっと食べたい」

　樹美香の声が聞こえてきた。

　まりあは思わず森を見てしまう。

　森はいままさに、ニョッキを口に運ぼうとしているところだった。ところが、樹美香の声が聞こえた瞬間、手を止め、ニョッキを皿に戻したのだった。

　まりあは森から目が離せなくなった。森を見ているだけでドキドキしてきた。

　と、森は皿を手に腰を浮かせた。

（まさか、まさか、野島さんにあげるつもりじゃ。）

　まりあの心臓がドキンと跳ねあがった。ひとごとなのにと思う余裕などまりあにはこれっぽっちもない。腰を浮かせた森がふたたび席に着くと、まりあはとてもほっとした。

「どうしたの？」

近藤が笑いながら聞いてきた。

「わたし、どうかしましたか？」

「うん。腰を浮かしたり、座り直したり、なんだか落ち着かないみたいだった」

「えーっ。気がつきませんでした」

まりあの耳がまっ赤になる。

近藤はまりあの視線の先に森がいることにとっくに気づいていた。さりげなく水を向けてみたところ、まりあはたちまち耳までまっ赤にしたのである。

「そろそろ、米田さんと安藤さんをお呼びしようか」

と、笑いを嚙み殺しながら近藤は言った。

「はい、では、呼んでまいります」

逃げるようにキッチン室を飛び出したそのようすに、近藤はさらにまりあの恋心を確信したのだった。残念ながらそれは、まるで見当違いなのではあったけれど——。

「ああ、これはいいなあ」

ひと口食べて、安藤が感嘆の声をもらした。

「ニョッキですが、和の味わいもありますね」

　と、米田は言った。

「白味噌を使っているんです。隠し味に。それと牛乳じゃなく豆乳を」

「なるほどね。ぴりっと味をしめているのは、生姜ですか」

「はい、そうです」

「いやあ、それにしても、うちで扱っている小麦粉をこんなふうに使うとは。国産小麦は、パンを作ってもうまいが、たしかにニョッキにも合うなあ」

　と、米田が続けた。

「そうなんです」

　と、近藤も自信をのぞかせる。

「小麦粉は、北海道のキタノカオリとゆめちからをブレンドさせてみたんですが、そこに練り込むじゃがいもも北海道のきたあかりを使いました」

「ニョッキ、すごくよくできていますよ」

「ああ、よかった。ただねえ、やっぱりこれだけだとまだ足りないですね」

「そうですか？　すごくおいしいです」と、まりあ。

「うん、でも、驚きはないでしょ？」

「わたしは、アサリが出てきたことで充分驚きました」

「それはどうして？」

即座に近藤がまりあに尋ねる。

「スーパーでは一年中売っていますけど、アサリって、ほんとうは四月とか五月が最盛期という印象があるので、この時期にこんなにおいしいアサリがっていう」

「潮干狩りを、その時期にしたからかな？」

「はい」

「でもね、アサリの旬は二月、三月……三月がほんとうはいちばんうまいんだけどね。春の産卵前のアサリは身が肥えていておいしいんだ」

「だからこんなにプリプリしてるんですね」

「そう。それにね、これは三河のアサリで、三河湾でとれるアサリは日本一なんだよ」

料理人は出身地の食材を好んで使うと聞く。近藤が郷里の愛知の食材に思い入れがあるのは当然のことだ。

「お、近藤さんの愛知推しが出たな」

「いやあ、北海道も推してますよ。ほんとに、奇跡の小麦粉と言われるだけあって素晴らしい」

「そうなんだよ。でも、ほんとに奇跡になっちまうかもしれんなあ」

「どういうことですか」

　と、まりあが尋ねた。

「キタノカオリっていうのは作付けが難しくてね、生産が安定しないんだ。ことによると……」

「なくなってしまうかも？」

　と、近藤が続けた。

「そういうこともありうるなあ」

「残してほしいですけどねえ。ぼくら料理人のためにも」

「だけど、ゆめちからもキタノカオリに負けないくらいいい麦だろ」

「ええ、それはもちろんです。それぞれ個性的で」

　近藤が力強く答える。

「だからぼくは、あたらしいメニューを考えたくなったんです。小麦粉の個性に負けない、イタリアンだけど和のテイストのあるコースがひとつできたらなって」

　ランチを終えた社員たちが、近藤のもとに寄って、口々にお礼と賛辞を贈ると、その都度、近藤は立ち上がってお礼を返した。

最後のふたりがキッチン室をあとにして、キッチン室はまりあたちだけになった。まりあたちの皿もすでに空である。

「コーヒーをお淹れします」

「ああ、たのむよ」

米田が言い、

「あとひと工夫、いやふた工夫、必要だな。柑橘か和のハーブか」

と、近藤はぶつぶつとつぶやいていた。

そんな近藤の声を聞きながら、まりあも思いはじめていた。

（わたしもこの粉を使って、なにか作ってみたい。もちろん、独創的なものなんかできるわけはないけど。まずは、パンかしら。いままではなかったけれど、いつお客さまにお出しする機会があるか、わからないのだから、そのときのためにも。）

と、そんなふうに。

もちじゅわ　中華まんの奇跡

と思っていたキタノカオリを使う機会は、思いのほか早くやってきた。

近藤がニョッキをご馳走してくれた翌週の火曜日だった。

まりあのデスクの電話が鳴った。

在席しているかぎり、まりあは二回目のコールが終わるか終わらないかというタイミングで取るよう努めている。早過ぎずけっして遅過ぎない、ちょうどいい間だと思うからだ。

「はい、コメヘン社長秘書、樋口がお受けいたします」

『お世話になっています、茨城の小林(こばやし)です』

「わっ！」

『なにがわっ！ よ』

「だって、ゆかりさんじゃないですか」

『そうよ。でもわたしがどうして会社の電話にかけたのかわかる？ あなたの携帯にじゃなくて』

ゆかりはこんなふうにときどき意地悪になる。いや、ほんとうに意地が悪いのではなく、わざと意地の悪い言い方をするのだ。

入社の一日目からそんなふうだったから、まりあは怖くてならなかった。けれど、「少しは自分の頭で考えなさい」という口癖や、竹を割ったようなゆかりの性格を知るに従い、恐れは消えていった。

ひと月が経ち、いよいよゆかりが退食する日、まりあは心細いよりもさびしい思いが勝り、切なくてたまらなかった。

ゆかりもまた、まりあを気にかけた。コメヘンの取引先でもある蕎麦農家の男性と結婚し、茨城に移ってしまった後も、ゆかりはまりあにアドバイスを送り続けたのである。

「先輩としてわたしの電話対応をチェックするためです」

『やあねえ。それじゃあわたしが意地悪な小姑(こじゅうと)みたいじゃない？』

そう言って、ゆかりは大声で笑った。

『急なんだけど、今週の金曜日の社長のご予定を知りたいと思って。その日、所用があって旦那(だんな)と都内まで出ることになって、旦那がコメヘンに顔を出したいって言うの』

「今週の金曜日ですね。その日はお客さまのご予定はありません。会議がひとつ十時からありますが、これは十一時前には終わると思います。あの、社長におつなぎしましょうか」

『じゃあ、そうしてもらえる？　ご挨拶をしたいし』

「はい、少々、お待ちください……社長、樋口です。ゆかりさん、いえ、茨城の小林ゆかりさまからお電話です。おつなぎしてよろしいですか？」

『おお。ゆかりくんか。つないでくれ』

「はい」

電話がつながったことを確認して、まりあは受話器を置いた。と、心配ごとが脳裏をかすめた。かすめるどころか、それはしかと居すわって、まりあの脳内を満たした。

（お昼。もしかしてお昼の用意なんていうことになったら。いや、きっとなる。だって、ゆかりさんのことだもの、絶対昼食めがけてやってくる。）

「ああ」

うなり声をあげると、まりあは机につっぷした。つっぷしたところでどうにもならない。けれど、そうせずにはいられなかった。キリキリと胃まで痛みだした。小林夫妻もりっぱなお客さまではあるが、これまでのお客さまの時とはまた別のプレッシャーがまりあを襲う。

いったい、お昼になにを出せばいいのだろう。

まりあがそう考えはじめたとき、社長室のドアが開き、米田が顔を出した。そしてまっすぐにまりあのところまでやってくると、小林夫妻の来社予定を告げた。

「聞いてるかもしれないけど、今度の金曜日、ゆかりくん、夫妻で来社だよ」

「はい。お時間は？」

「ゆかりくんは懐かしいだろうし、昼をキッチン室で一緒にって誘ったんだけど」

（だけど？）

「一時過ぎまで用事があるらしくて、こっちに着くのは三時過ぎになるらしい」

「そうですか」

ほっとして声がはずんだのが自分でもわかった。まるで、お昼の心配をしなくて済んだと喜んでいるみたいだ。いや、実際、そうではある。

でも米田はそんなまりあの気持ちには気づくようすもない。

「それで、ゆかりくんがキッチン室でお茶にしたいって」

「キッチン室で、ですか？　社長室じゃなく」

「そう。で、ここからはきみへの伝言なんだが、中華まんを食べたいそうだ。それもうちの粉を使ったものということだよ」

「それって……」

その先が続かないまりあの後を米田が引き取る。

「きみの手作りをご所望だ。だけど、中華まんなんて、できるのかい？」

「できないことを、ゆかりさんはおっしゃらないと思います。やってみるよりほかないです。それに、先週のキタノカオリとゆめちからを使ったニョッキ、とってもおいしかったですよね。もちろん、近藤さんが作ったからあんなに素晴らしいんです。それは承知しています。けれど小麦粉自体も……安藤さんも近藤さんも、すごい小麦粉だって熱く語ってらしたじゃないですか。わたしも使ってみたいです」

と、まりあは答えていた。

ああ、なにを語っているんだ、わたし、と思ったときにはもう遅い。米田が面白そうな顔をして、まりあを見ていた。そして、

「そうかい？　じゃあ、頼んだよ」

と言って、席に戻った。

まりあが北海道産のその二種類の小麦粉に興味を持ったのはほんとうだった。小分けされたのを買って、休日にパンを焼いてみようかと考えてもいた。けれど、それをゆかりが知るはずもない。それなのに、である。

「ゆかりさん、なんで中華まんなんですか？」

自分の携帯からゆかりに電話をしてまりあはそう尋ねた。だれも聞いているひとはいないが、自ずと小声になる。小声のほうが咎めている感じが増して聞こえるのが不思議だ。けれど、ゆかりはまったく気にするふうではなく、

『なんでって、食べたいからよ。ほかにどんな理由があるの？』

と、聞きかえしてきた。

「ゆかりさんなら、おいしい中華まんのお店をいくらでもご存じじゃないですか」

『知ってるわよ。知っているし、こっちでもしょっちゅう食べている。でも、あなたが作る中華まんは、食べたことがないじゃない？』

「それはそうですよ、作ったことがないんですから」

『まあまあ。そうかっかしないで。作ったことがないなら、いい機会よ。うんといい粉を使ってね。素材がいいのは七難隠すわよ』

「なんですか、それ」

うふふとゆかりは楽しそうに笑い、

『楽しみにしてるわ、ひぐまちゃん、じゃあね』

と、言った。

「あっ、ゆかりさん！」

まりあが呼びかけたときには、電話はすでに切れていた。

「もうゆかりさんたら」

切れている電話に向かって、まりあはそう言った。


退社する米田を見送ると、すぐに社長室にはいって忘れ物がないかを確認する。そうすれば万が一忘れ物があったとしても、会社の門から外に出るまでのあいだに届けることができるからだ。ゆかりがしていたことを、まりあも欠かさず続けている。

もっとも、まりあが秘書になって以来一度も、米田が忘れ物をしたことなどなかった。むしろこの習慣は、まりあにとって役立つことになったようだ。学生時代、あんなに忘れ物の多かったまりあが、いまではぴたりとしなくなっていた。

帰りしなにまりあは倉庫に寄った。

「中華まんを作るんだってな」

「はい。しあさってなんですけど、ちょっと練習しておきたいと思って」

「真面目だな」

安藤がまりあに笑顔を見せる。全面的に褒めているというよりは、気の毒な性分だなとでも言いたげな複雑な笑みだ。

「真面目っていうより、自信がないんです。だからやらないではいられないんです。やっておけばちょっとは安心できるじゃないですか」

「ひぐまちゃんよう、あんたは気づいてないかも知らんが、料理の腕はぐっとあがったぞ」

安藤はいつも励ましてくれる。けれど、お世辞とは無縁な性格だ。そんな安藤に褒められて、まりあは心底嬉しくなった。

「で、ご所望の粉だけどな」

安藤の机には小分けの袋が三つ、きれいに並んでいた。

「これが、キタノカオリとゆめちから。これなあ、どっちも強力粉だから、きたほなみっていう中力粉を混ぜたほうが、うまい具合になるんじゃないかと思ってな。こっちも出しておいた」

「ありがとうございます」

ああまた助けてもらった。まりあはもう一度、そしてさらに「ほんとうに」をつけて礼を言った。

「そのほうがもちっとふわっとなるはずだ。塩梅はよくわからないから、その辺はまあ、まかせる。」

「はい。承知しました。三袋で、いくらになりますか」

「いや、これはいいんじゃないか」

「でも、自宅用です」

「客人用の試作品を作るわけだしさ。金曜に使うのと合計して出庫伝票を出してくれればいい。ほら」

そう言って、安藤は三つの袋をひとまわり大きな袋に入れて、まりあに渡した。

「ではお言葉に甘えます。お先に失礼します」

「おう」

「じゃあね、コメコ、またね」

安藤の足にじゃれついているコメコにまりあはそう声をかけた。いちだんと冷えるようになった先週あたりから、コメコはあたたかな日差しのある昼間にしか外に出てこなくなった。少し前までは、にゃあにゃあ鳴いて出社する従業員に律儀に朝の挨拶をしていたのに。

高温多湿を嫌う食品の性質上、冬の倉庫の環境は辛い。暖房は、安藤の机の前の気休めのような小さな電気ストーブだけだ。安藤はそのストーブに、コメコのためのやけどよけの金網を張りめぐらした。コメコはたいがいその前にいる。

食品倉庫に置きっ放しにはできないというのが表向きの理由だけれど、ちょっと前まではコメコが赤ん坊だから、そしていまは火の気のない無人の倉庫は寒すぎるからと、安藤は仕事が終わるとコメコを自宅に連れ帰るほどかわいがっている。

保護猫のコメコは、いまやすっかり過保護猫だ。そんなコメコに、

「さあ、おれたちも帰るか」

と、安藤は声をかけて、電気ストーブのスイッチを切った。

安藤が選んでくれた小麦粉を携えて、まりあはみたか産直館に寄った。中身となる肉餡の材料を買うためだ。

豚挽き肉と混ぜ込む野菜はなにが入り用かと携帯の料理サイトをいくつか検索してみると、唯一共通するのが玉葱で、あとはバラバラだった。

好きなものを入れればいいのか。そう思ったら少し気が楽になり、それなら家にある野菜を使おうと挽き肉だけ買い求めた。

電車のなかでも中華まんのことが頭からはなれない。今日まで気づきもしなかった中華料理店の車内広告に自然と目が引き寄せられる。まりあは広告に載る店内の写真を見つめ、文字をひとつ残らず読んだ。

「あっ！」

と、まりあの口から声が漏れた。

まりあを車内の何人かがチラっと見た。

けれど、そんなことにはまりあは少しも気づかない。まりあの目は、その広告のなかにあった、本店・台北市中山北路……という住所に吸い寄せられていたからだ。

（そうだ、去年買った『家庭でできる台湾粉もの料理』のなかに、肉まんが載っていたのではなかったか。帰ったらすぐに確認せねばなるまい。）

なぜか時代劇のような口調でまりあは思った。

まりあの記憶はたしかだった。『家庭でできる台湾粉もの料理』に肉まんは登場していた。左ページいっぱいに掲載された肉まんの写真は、いま蒸し上がりましたとでも言いたげにぷっくりと膨らんでいる。

この本のレシピで、以前にも何品か作ってみたが、どれもはずれがなく、家族に高評価を得ていた。

「もう、これでばっちり」

まりあはひとりつぶやくと、本を抱えてキッチンに行った。

そして、夕飯の仕上げにかかっていた加奈に、

「これから中華まんを作りたいんだけど」

と、伝えた。

「えっ？」

「この本の通りにやるから大丈夫よ」

「そういうことじゃなくて。ねえ、まりあ、ママがいまなにをしているか、わからなくはないわよね」

「晩ご飯の支度」

「そう。晩ご飯の支度」

まりあの答えを加奈は繰りかえして、さらに続ける。

「それもうほぼ終わり。なのに、いまから肉まん？　いつ食べるの？」

幼稚園児に、じきご飯になるから、おやつなんか食べてはいけないのよと諭す母親のようである。

「んー、晩ご飯のあと？」

まりあの返事も幼稚園児のようだ。

「ママはいらない」

「のえもいらな〜い」

ご飯の支度を手伝いもせず、リビングで熱心に「七時のニュース」を見ていたのえまでが声を張り上げた。

（人気ないなあ中華まん。）

「奇跡の小麦粉って言われている粉で、これにそって作ってみるから」

錦の御旗（みはた）のように、まりあが『家庭でできる台湾粉もの料理』をかかげて見せた。

「だったらなおのこと、ご飯のあとになんて食べたくない。もったいないもん」

のえの意見はもっともである。

「じゃあ、明日の朝ご飯ならどう？　そしたら、晩ご飯を食べ終えてから作ればいいし」

「やだよ」

速攻でのえが答える。

「朝から中華まんなんて食べたくない。土曜日のお昼にしてよ」

「それだと間に合わない。金曜日にお客さまに出すんだから」

入社したてのころ、毎日のお好み焼きにつきあってくれた優しい家族はもういない。まりあがそう思ったときだ。

「じゃあ、マントウにしたら？　トーストの代わりに」

と、加奈が提案した。

「マントウって、中身がないやつだっけ？　それなら食べたい」

「うーん。具の味も確認したいし。皮だけっていうのも」

まりあが躊躇（ちゅうちょ）していると、のえが言う。

「だって、おねえちゃん。具はそのレシピどおりにするつもりなんでしょ。だったら、あとは皮が問題なんじゃん。そのなんちゃらっていう粉がどれだけすごいかっていう」

「粉のすごさは、エストゥアーリョの近藤さんが証明してくれたからわかってるの。問題は、同じ粉を使って、違うものを、わたしが作ったときどうなるか。そして皮と具との相性がどうかだと思う」

まりあが生真面目にそう答えると、「おねえちゃん」と、またのえが言った。

「もし相性が悪かったら、ほかのレシピを試すの？　それともそのレシピを微調整するの？　ほかのを試すには時間が足りない、微調整するには腕が足りない。と、のえは思う。だからまあ、ここは、皮だけ試してみたら」

そう言われてしまったらぐうの音も出ない。

「とりあえずはそうする」

と、まりあは渋々答えた。

食事を済ませ、皿洗いを引き受けてからマントウ作りに取りかかった。マントウ――つまり中華まんの生地はパン生地を作るときの要領とほぼ一緒だ。

生地は発酵が完了するまで一時間ほど寝かせておかなければならないから、その手隙となった時間に具のほうにも挑戦してみることにした。

豚挽き肉に葱、生姜、椎茸（しいたけ）、そして茹でた白菜をみじん切りしたものを調味料といっしょに混ぜ合わせた。生地をレシピ通りの分量で作ったので、具はその半分の量にして、マントウと中華まんを半分ずつ作ることにした。

蒸し上がると、のえも加奈も、デザート代わりと称してマントウに手を伸ばした。ひとくち食べると、のえは前言をあっさりと翻して、明日の朝は中華まんでいいと言い出した。まりあにも異論はない。

できたてのマントウはふんわりしているのにしっかり弾力もあって、小麦粉自体が持つほのかな甘さがたまらなかった。

翌朝、中華まんを試すと、具との相性はばっちりだったが、具自体の塩気がやや強いように感じた。帰ったら、もう一度そこだけ微調整することにした。

＊

三時半過ぎを予定していたゆかりたちは、まりあが玄関まで迎えに出たときにはもう到着していて、倉庫の入り口で安藤と立ち話をしていた。

「ゆかりさーん」

そう呼びかけて、まりあはゆかりのもとに走り寄った。

「お久しぶりです、樋口さん」

ゆかりの夫の聡（さとし）がさわやかな笑顔をまりあに向ける。

「あのときは、ほんとうにお世話になりました」

まりあは頭を下げた。

あのときとは、昨年の秋、茨城のゆかりの婚家に遊びに行ったときのことだ。夫の聡ばかりか、お舅（しゅうと）さんもお姑（しゅうとめ）さんも、文字通り家族総出でまりあを歓迎してくれた。

あの夜、挽き立ての蕎麦粉で作ってくれた蕎麦がきやつなぎが一切はいっていない蕎麦の味がまりあはいまも忘れられない。

「父が、あなたがいらっしゃるのを待ってますよ」

と、聡は言い、

「そうよ、年を越した真冬の蕎麦を食べに来る約束だったでしょ。ぼやぼやしてると春になっちゃうわよ」

と、ゆかりが続けた。

新蕎麦は香りも高くもてはやされるけれど、一月から二月の寒のころの蕎麦が絶品だと、まりあは、お舅さんから教わっていた。

「二月になったら、またおいで。うんとうめえ蕎麦を食わしてやっがら」

帰り際のお舅さんの声が甦った。

いまはその二月だ。

猛烈に茨城のゆかりの家に行きたくなった。でもまずその前に越えなくてはならないハードルがある。

「小林さん、そろそろ、社のほうへいかがでしょうか。米田がお待ちしています」

まりあは聡にそう声をかけた。

「ああ、そうでしたね。気がつかなくてすみません」

恐縮する聡の横で、ゆかりがまりあに耳打ちした。

「中華まんはおいしくできた？」

「はい。なんといっても素材がいいので」

と、まりあは答えた。

まりあは小林夫妻をまず社長室に案内し、お茶を用意した。

「では、蒸し上がりましたらお声をかけに参ります」

一礼して部屋を出ようとしたそのとき、

「あ、わたしも一緒に行くわ」

と、ゆかりが席を立った。

「お、先輩が手伝いに行くのか。うるわしいなあ」

米田がからかうように言う。

「ちがいますよ。見張りに行くんです。では社長、二十分ほどしたら、小林とキッチン室にお越しください」

(ああ、やっぱりゆかりさんのほうが秘書らしいですよ、貫禄があって。)

こころのなかでまりあはつぶやいた。

「ご一緒されていなくていいんですか?」

水を張った平鍋を火にかけながら、まりあは尋ねた。

「いいのいいの。聡は聡で、社長と話したいことがあるだろうし」

まりあの正面に移動させたスツールに座って、ゆかりが言った。

「お仕事のお話ですか？」

「まあそうね」

「あ、そういえば、都内にご用っておっしゃってましたけど、それ、ゆかりさんのご用だったんですか？」

「どうして？」

「聡さんだけのご用だったら、おひとりでいらっしゃればよかったので」

「そのとおりよ、ひぐま。でも、わたしひとりだけの用事ってわけじゃないの。夫婦ふたりの用事」

「そうだったんですね。どんなご用だったかは知りませんけど、ご用があってよかったです。ゆかりさんに会えたから」

と、まりあは正直に言った。「そうだね。ありがとう」とゆかりも応える。

「ほら、ひぐま、お湯が沸いたんじゃない？」

「あ、はい。沸きました。蒸籠(せいろ)を置きます」

そう言いつつ、まりあは平鍋のうえに中華まんを入れた竹の蒸籠を載せた。お茶の淹れ方を教わった新人の日が戻ってきたようで、まりあはなんだかしみじみとしてしまう。

「きれいにできているじゃない？　練習したのね」

蒸籠をのぞき込んでゆかりが言った。

「はい、しました。あっ！」

「どうしたの？」

蒸籠はふだん、もち米の食味を確認するために使っている。だからここに蒸籠があることも、中華まんが思いのほか簡単に作れることもわかっていて、ゆかりは中華まんを指定したにちがいないのだ。

「ゆかりさんって、やっぱりすごいなあって思って」

と、まりあは答えた。

「やあねえ、いまごろ気づいたの？」

そう言って、ゆかりは笑った。そして、

「ねえひぐま、あなた、特別養子縁組って知ってる？」

と、いきなり切り出した。ゆかりはもう笑ってはいなかった。

「特別養子縁組ですか？　言葉はなんとなくわかりますけど、詳しいことは知りません」

そう答えながら、まりあは自分の心臓がどきんと鳴ったのがわかった。

茨城の家の広い和室に布団を並べた夜、まりあはゆかりが赤ん坊を望んでいることを聞いた。

子どものいない人生もありだとゆかりが思っていることも、人生には望んでも叶わないことがあること、自分たちのためなら気に病むことはないとお姑さんから言われていることも、まりあは聞かされたのだった。

そんなお姑さんだからこそ、孫を抱かせてあげたいのだとゆかりは言っていた。

——でも、それだけが理由ではないんだろうな。

子どもどころか、恋愛のひとつも経験のない自分には想像しても想像しきれない思いがあるにちがいないのだということは、まりあにも理解できる。

「普通養子縁組との違いはね、戸籍上も実子として記載されること、そのかわり普通養子縁組で認められている離縁はできないこと。そりゃそうよね、気に入らないからいらないなんて、そんなひどいことってないよね？」

まりあはうなずく。

「でも……」

「でもなに？」

「ゆかりさん、結婚してまだ二年も経っていないじゃないですか？　赤ちゃん、あきらめちゃっていいんですか？」

「年齢が年齢だったでしょ、わたしたちは結婚前からいますぐできてもいいと思ってたから、いたすとき、一切避妊はしなかったのよ」

ゆかりの告白にまりあの顔がたちまちまっ赤になる。

「やだもう、なに、顔を赤くしてるのよ」

（だってゆかりさんが、いたすとき、なんて言うからですよ。）

こころのなかでそう反論しつつ、

「ここ、熱いんですよ。湯気があたって」

と、まりあは湯気を立てている蒸籠のほうに目をやった。

「でもできなくて。結婚してすぐ治療も開始したのよ、実は」

「そうなんですか」

「それに特別養子縁組もね、申し込みをしたら、はいどうぞっていうわけにはいかないの。研修を受けて申し込むと、審査と面談、さらに育児研修を経て、やっと登録ができるわけ。それから準備期間になって……」

「そんなにいろんな段階があるんですか」

「そう。早くて一年、なんだかんだで二年くらいは待たなくてはいけないみたい」

「じゃあ。もし、もしもですよ、そのあいだに、赤ちゃんができたらどうするんですか？」

「うん」

　と、ゆかりが言って、少しのあいだ黙った。

「それについてもね、散々考えた。可能性は低いけど、ゼロではないでしょう。そのときは……正直に言うとね、わからない」

「途中でやめることはできるんですよね」

「それはできる。これは、子どもができない夫婦のための制度ではなくて、子どもがしあわせになるための制度だから。血のつながりのある実子が別にいることで、その子が愛情を注いでもらえない状況が起きるかもしれないなら、そんなところへ行かせるわけにいかないから」

「そうですよね」

「でも、小林の父は、自分の子どもができたらそっちをやめる、それくらいの気持ちしかないなら、端から養子などもらうなって。わたしたちもそんなつもりはないけど、実際にそうなってみたら、正直わからない」

　ゆかりの言葉にまりあはうなずいた。うなずくよりほかなかった。

「まあそういうわけよ。で、今日は夫婦で面談に行ってきたの。ああいい匂いがしてきた。

緊張でお昼をまともに食べられなかったから、お腹がすいた」

「そろそろ、おふたりがいらっしゃるんじゃないですか」

時計を確認してまりあは言った。

＊

人たらしという言葉がある。たくさんのひとに好かれる人という意味だ。

同じ「たらす」が含まれる言葉に女たらしがあって、こちらがいい意味で使われないのに対して、人たらしには賞賛の響きがある。

人たらしも、女たらしと同様に、相手をだましてその気にさせるという意味もあったようだが、いまではそういう使いかたをすることはないようにまりあは思う。

そしていま、ほかほかの中華まんをほおばり、小林夫妻と談笑している米田の姿を目にして、こういうひとを人たらしというのだなと、まりあはつくづく思うのだ。

深刻な話題から解放されたからというだけではなく、ゆかりの表情は、今日いちばん最初に目にしたときより、ずっと和らいでいるように見えた。その隣で米田の話に大きくうなずき、ときに声をあげて笑う聡も、すっかり緊張をといているようなのだ。

このふたりだけじゃない。

入社以来、このキッチン室で、あるいは社長室で、何人ものお客さまがこころの奥にしまっていた大切な思い出を語る瞬間に、まりあは立ち会ってきた。恵比須や岡本が、まりあはひとをそうさせるものを持ち合わせていると言ってくれたことがあった。

そう言ってもらえるのは嬉しかったが、そんなものが自分にあるとはまりあは到底思えなかった。

そして、いま、はっきりとわかったのだ。

（わたしじゃない。米田さんなんだ。）

それと同時に、米田が来客に食事をふるまうことの、ほんとうの理由もわかったような気がした。

食べ物の持つ力を米田は信じているのだ。だれかと一緒になにかを食べる、その行為が、その時間が、ひとのこころを温め、励ますことを。だれかの大切な思い出を生き生きと甦らせることを。

それこそが、大手商社時代、鉄鋼部門を担当していた米田が、自身の会社の商材に食品を選択した理由であるはずだ。

「そうだったよね、樋口くん」

「あ、はい」

慌てて返事をしたまりあに、ゆかりがしかめ面をしてみせた。

「すみません。考えごとをしてました」

「この粉、奇跡の小麦粉って言われてるんだよな」

「はい、そうです。キタノカオリという小麦粉なんですが、もっちりふっくらしてて味も香りもすばらしいので、そう言われているんです。でも、キタノカオリは雨に当たると、穂発芽(ほはつが)してしまうんです」

「デンプン質が多いからこそうまいわけだけど、それが同時に弱点になってしまうということですね。収穫直前に雨に当たってしまうと、穂発芽、つまり穂から芽が出て、デンプンの分解が進む。そうなると売り物にならない」

と、聡が分析した。

「うん。だから、作るのが非常に難しい。そういう意味でも奇跡の小麦粉と呼ばれているわけですよ。品質と労力とコストの兼ね合い。そのあたりも生産者泣かせだ。もしかすると、奇跡の小麦粉から幻の小麦粉となってしまうかもしれない。パン屋さんや料理人のあいだでは絶大な人気を誇っているんだが」

と、米田が続けた。

「そうなんですか」

はあっと、聡がため息をついた。自らも生産者であるからこそ、他の生産者のジレンマを我がことのように感じるのだろう。

「あの、この生地、三種類の小麦粉を使っているんです」

「ブレンドしてるの？」

「はい。キタノカオリのほかにゆめちから。ゆめちからはキタノカオリの子どもです。ゆめちからとキタノカオリのふたつは、もちもちになる強力粉なので、もう一種類、きたほなみという中力粉を混ぜています」

「親子の絆と、それをふんわりつなぐきたほなみっていうところだな、この中華まんは」

ゆかりの話を聞いたあとでは、米田のいまの言葉がとくべつな意味合いを持って聞こえてしまう。聡と仕事の話をしていた米田がそのことを知る由もないのに。

「すごくうまいです。食感が絶妙で」

と、聡は言い、

「な」

と、ゆかりに同意を求めた。

「うん。おいしい」

と、ゆかりはうなずいた。

「なにを混ぜたらおいしくなるのか、安藤さんに教わったんでしょ」

「はい、おっしゃるとおりです」

「でも、そのあとで、見栄えも含めて、おいしくなるよう努力したのは樋口さん、あなたよ。もちもちふわっとした皮の食感だけじゃなくて、よく練った挽き肉からあふれるじゅわっとした肉汁がたまらなくおいしい。具材の椎茸と生姜が味に奥行きを持たせてるのね。完璧だわ」

初めてゆかりがまりあを褒めた。

「ゆかりさん」

感極まって、まりあはゆかりの名を呼んだ。

「なに?」

ゆかりの声はたちまちそっけなくなる。

抱きつきたいほどの気持ちがみるみるしぼんで、でもそういうゆかりがゆかりらしくていいとまりあは思った。

「褒められて動揺してしまいました」

まりあが答えると、

「しっかりしなさい」

と、さらにハッパをかけられたことも嬉しい。

帰り際、車のところまでまりあはゆかりたちを見送った。

まりあの手には用意していた恵比須やの和菓子がある。練り切りと、聡と聡の父が育てた蕎麦粉で作ったそばかりんとうの詰め合わせだ。

空気は張り詰めたように冷たいけれど、二月の練り切りは、早くも春の訪れを告げている。わらびをイメージしたさわらび、淡い緑と桃色が可憐な雪割草、うぐいすをかたどった初音、そして紅梅。黄水仙。

寒椿や寒牡丹もとても美しく惹かれたけれど、春の予兆に満ちた名づけの菓子を選んだのは、ひと足早い春をゆかりに届けたかったからだ。

どんな春になるのかまりあには見当もつかない。それでも、ゆかりに春が来ることを願って、まりあはゆかりに持ち重りのする袋を渡した。

「恵比須やさんのお菓子です」

「ありがとう。練り切り、はいってる？」

「もちろんです」

「よかった。岡本さんの練り切りが食べたかったの。帰って、みんなでいただくわ」

「はい」

「じゃあ、ひぐま。今月中にいらっしゃいよ」

「あ、はい」

「絶対よ」

「はい」

「じゃあね、また」

「樋口さん、お待ちしていますよ」

「はい。ではお気をつけて」

まりあは、聡の言葉にうなずき、ふたりにゆっくりと頭を下げた。

小さく一度クラクションを鳴らして、聡の運転する車はコメヘンから出ていった。

＊

「あっ！」

週明け、会社に着いたとたんにまりあは小さな声をあげた。

「今月の土日休みって、あと一回しかない。じゃあ、行くのは今度の土曜日ってこと？」

そのとき、後ろから肩をトンと叩かれた。野島樹実香だった。

「なに？　今度の土曜日って？」

「あれ？　わたし、まさか声に出してたんでしょうか？」

「出してましたよ～。はっきり聞こえるくらいに。で、土曜日がどうしたの？」

「今度の土曜日、ゆかりさんのところに遊びに行きたいなとか、行こうかなとか……あの、野島さん、もし……あ、でも」

こういう場合、話の流れとしては誘うのだろうか。でも、行き先は、ゆかりさんのところとはいえ、よそのお宅だ。ゆかりさんを差し置いて、わたしが誘うのは変じゃないのか。

そういったことをあれこれ考えて、なんともはっきりしない返答になった。けれど、樹実香はまったく気にもとめないようすで、それどころか、戸惑うまりあを制するように、右手のひらをまりあの顔の前でひろげた。

「あ、気をつかわないで。わたしも土曜は予定があるから」

「そう、なんですね」

「そう。……あれ？　聞かないの？」

「なにをですか？」

まりあが尋ね返すと、樹実香は眉（まゆ）をすこしひそめてから、

「だから、土曜日、なにがあるんですか、とか」

と、言った。

「なにがあるんですか？」

「デート」

「え〜！」

思い切り驚いて、まりあは樹実香を見た。

「じゃあ、森さん、がんばったんですね」

「え〜っ！」

樹実香がまりあ以上に大きな声を出し目を見張り、まりあをしげしげと見た。まるで、ほんもののまりあかどうか確かめてでもいるかのように。

「そんなに驚くことないじゃないですか。わたしだって、さすがにそのくらいのことはわかるんです」

背筋を伸ばしてまりあは笑った。

文中の引用は、『山頭火句集』（村上護編 春陽堂書店）、『ピーターラビットのおはなし』（ビアトリクス・ポター著 いしいももこ訳 福音館書店）によりました。

本書は書き下ろしです。

中公文庫

もちじゅわ 中華(ちゅうか)まんの奇跡(きせき)
――ひぐまのキッチン

2020年11月25日　初版発行

著　者　石井睦美(いしいむつみ)

発行者　松田陽三

発行所　中央公論新社
〒100-8152　東京都千代田区大手町1-7-1
電話　販売 03-5299-1730　編集 03-5299-1890
URL http://www.chuko.co.jp/

ＤＴＰ　嵐下英治
印　刷　三晃印刷
製　本　小泉製本

Published by CHUOKORON-SHINSHA, INC.
Printed in Japan　ISBN978-4-12-206984-8 C1193

中公文庫既刊より

各書目の下段の数字はISBNコードです。978-4-12が省略してあります。

い-129-1
ひぐまのキッチン
石井睦美
「ひぐま」こと樋口まりあは、粉や砂糖などを扱う食品商社「コメヘン」に入社したばかりの二十三歳。秘書課新人として、心をこめてお好み焼きつくります⁉
206633-5

い-129-2
から揚げの秘密 ひぐまのキッチン
石井睦美
人見知りのまりあが、食品商社「コメヘン」に入社して九か月――。慣れぬ秘書業務に四苦八苦しつつも、彼女の頭にはあるアイデアが浮かんでいた。
206743-1

い-129-3
愛しいひとにさよならを言う
石井睦美
絵画修復家の母と、母の年上の友人に育てられた斎藤いつか。少女の出会いと別れを切なくも瑞々しく描く、心ふるえる長篇小説。〈解説〉北上次郎
206787-5

ほ-20-3
Valentine Stories（バレンタイン・ストーリーズ）
三羽省吾／中島要／木村紅美／秋吉理香子／加藤千恵／鯨統一郎／石井睦美／朝比奈あすか
ドラマチックが、止まらない――忘れられないチョコ、謎のチョコ、命がけのチョコetc.……とろける八粒を詰め合わせた文庫オリジナルアンソロジー。
206513-0

い-110-2
なにたべた？ 伊藤比呂美＋枝元なほみ往復書簡
伊藤比呂美
枝元なほみ
詩人は二つの家庭を抱え、料理研究家は二人の男の間で揺れながら、どこへ行っても料理をつくっていた。二十年来の親友が交わす、おいしい往復書簡。
205431-8

か-85-1
僕とおじさんの朝ごはん
桂望実
無気力に生きる料理人を変えたのは、ある少年の決意と、秘密の薬の存在だった。真摯に生きることを拒んできた大人と、生死をまっすぐに見つめる少年の交流が胸をうつ感動長篇。
206474-4

か-90-1
おいしい給食
紙吹みつ葉
ハンサムだが無愛想な数学教師・甘利田幸男の唯一の楽しみは「給食」だ。市原隼人主演の笑って泣ける学園グルメエンタメ原作本！
206819-3

き-47-1
キムラ食堂のメニュー
木村衣有子（ゆうこ）
各地の飲食店主や職人の取材を続けるかたわら、お酒のミニコミを発行してきた著者。さまざまな食べもの・飲みものとの出合いを綴る、おいしいエッセイ。
206472-0

く-23-7
洋菓子店アルセーヌ ケーキ作りは宝石泥棒から
九条菜月
恋人の浮気発覚でボロボロの陽咲は、傷を癒してくれたケーキの美味しさに感動し洋菓子店「アルセーヌ」で働くことに。だがこの店には怪しい裏稼業が？
206707-3

く-23-8
洋菓子店アルセーヌⅡ 裏稼業のあとは甘いデザートで
九条菜月
美味しいケーキと怪盗業を営む異色の洋菓子店で働く陽咲。今回初めてウエディングケーキの発注を受けるが、店主・大空に異変が？
206798-1

た-94-1
まんぷく旅籠 朝日屋 ぱりとろ秋の包み揚げ
高田在子
お江戸日本橋に、ワケあり旅籠が誕生⁉ 人生のどん底を知り、再出発を願う者たちが集められた新生「朝日屋」が、美味しいご飯とおもてなしで奇跡を起こす！
206921-3

た-33-11
パリのカフェをつくった人々
玉村豊男
芸術の都パリに欠かせない役割をはたし、フランス文化の一面を象徴するカフェ、ブラッスリー。その発生を克明に取材した軽食文化のルーツ。カラー版
202916-3

た-33-16
晴耕雨読ときどきワイン
玉村豊男
著者の軽井沢移住後数年から、ヴィラデスト農園に至る軽井沢、御代田時代（一九八八〜九三年）を綴る。題名のライフスタイルが理想と言うが……。
203560-7

た-33-19
パンとワインとおしゃべりと
玉村豊男
大のパン好きの著者がフランス留学時代や旅先で出会ったさまざまなパンやワインと、それにまつわる愉快なエピソードをちりばめたおいしいエッセイ集。
203978-0

た-33-21
パリ・旅の雑学ノート カフェ／舗道／メトロ
玉村豊男
在仏体験と多彩なエピソードを織り交ぜ、パリの尽きない魅力を紹介する。'60〜'80年代のパリが蘇る、ウィットとユーモアに富んだ著者デビュー作。
205144-7

各書目の下段の数字はISBNコードです。978－4－12が省略してあります。

た-33-22
料理の四面体
玉村豊男
英国式ローストビーフとアジの干物の共通点は？ 刺身もタコ酢もサラダである？ 火・水・空気・油の四要素から、全ての料理の基本を語り尽くした名著。〈解説〉日高良実
205283-3

は-45-5
もっと塩味を！
林真理子
美佐子は裕福だが平凡な主婦の座を捨てて、天性の味覚だけを頼りにめくるめくフランス料理の世界に身を投じるが……。ミシュランに賭けた女の人生を描く。
205530-8

や-64-1
出張料亭おりおり堂 ふっくらアラ煮と婚活ゾンビ
安田依央
天才料理人の助手になって、仕事も結婚も一挙両得？ 恋愛下手のアラサー女子と、料理ひとすじのイケメン、もどかしすぎる二人三脚のゆくえやいかに。シリーズ第一弾。
206473-7

や-64-2
出張料亭おりおり堂 ほろにが鮎と恋の刺客
安田依央
仁さんの胸に飛びこむ可憐な娘。立ち尽くす澄香……！ 突如現れたライバルが語る、仁さんの秘められた過去とは？ 早くも波瀾のおいしいラブコメ、第二弾！
206495-9

や-64-3
出張料亭おりおり堂 コトコトおでんといばら姫
安田依央
天才イケメン料理人・仁への恋を秘め、助手を務めてきた山田。「おりおり堂」休業の危機を乗り越え、再び春を迎えられるのか？ 人気のおいしいラブコメ第三弾！
206536-9

や-64-4
出張料亭おりおり堂 夏の終わりのいなりずし
安田依央
「必ず戻る」その言葉を残し、仁が京都へ旅立ってから一年半が経った。彼を待ち続ける澄香の心は揺らぎ続け……。謎の人物も登場し、新章突入へ！
206719-6

や-64-5
出張料亭おりおり堂 月下美人とホイコーロー
安田依央
「おりおり堂」に仁が戻り、澄香はまさかの「喪女卒業」か――に思われたが、新たな居候が邪魔をしてきて……。新章第二弾！
206803-2

や-64-6
出張料亭おりおり堂 ほこほこ芋煮と秋空のすれ違い
安田依央
仁にプロポーズされた⁉ 浮かれていた山田澄香だが、仁はあれ以降何も言ってこない。不安になる中、謎の美女も店に現れて……？
206874-2